Christian August Vulpius

Telemach, Prinz von Ithaka

Heroischkomische Oper in zwei Aufzügen

Christian August Vulpius

Telemach, Prinz von Ithaka
Heroischkomische Oper in zwei Aufzügen

ISBN/EAN: 9783743496255

Hergestellt in Europa, USA, Kanada, Australien, Japan

Cover: Foto ©Andreas Hilbeck / pixelio.de

Manufactured and distributed by brebook publishing software (www.brebook.com)

Christian August Vulpius

Telemach, Prinz von Ithaka

Telemach
Prinz von Ithaka.

Eine

heroisch-komische Oper

in

zwei Aufzügen.

Ganz neu bearbeitet.

Die Musik ist von Hofmeister.

Aufgeführt zum erstenmal den 11. Februar
auf dem Hoftheater zu Weimar.

Weimar,
im Verlage der Hoffmannischen Buchhandlung.
1797.

Personen.

Kalypso.
Maia, ihre Vertraute.
Eucharis.
Leukothea.
Klizia.   } Nimfen der Göttin Kalypso.
Efyra.
Polaris.
Telemach, Prinz von Ithaka.
Mentor, sein Lehrer und Freund.
Kolofonio, Telemachs Waffenträger.
Leukas.
Lisias.
Anthenor.   } Kreter; Telemachs Begleiter.
Zäthos.
Arkesios Schatten.
Minerva.
Neptun.
Nimfen und Gefolge der Göttin
  Kalypso.
Griechen.

Die Szene ist auf der Insel Ogygia.)

Erster Aufzug.

Eine angenehme, freie Gegend. Im Hintergrunde Meer. — Eine Marmortreppe schließt das Ufer des Meer's ein.

Erster Auftritt.

Kalypso, (schläft auf der Marmortreppe; ihr Haupt ruht auf ihrem ausgestreckten Arme. Man sieht, und hört durch einzelne Töne von ihr, ihre Bewegungen zeigen es, daß sie träumt. Ihren unruhigen Traum begleitet in Form eines Recitativs, ein Instrument. — Nach einem Ritornell von sechs Takten, tritt auf) **Eucharis.** — (Endlich erscheinen, in der Folge) **Maia. Leukothea. Klizia. Esyra. Polaris.**

Eucharis (bindet einen Blumenstrauß und kommt sitzigend.)

Florens buntes Prachtgeschmeide
schmückt der Fröhlichkeit Gewand;
glücklich wer zu diesem Kleide
all die sanften Farben fand!

A 2

Was die Menschen Liebe nennen,
mag mir stets Geheimniß seyn.
Liebe wünsch' ich nie zu kennen;
Liebe schenkt nur Schmerz und Pein.
(Geht herum und erblickt die Göttin.)

Recitativ.

Ihr Götter! ach! was muß ich sehen!
Kalypso, unsre Fürstin, schläft auf hartem Stein.
Weh mir! — Wie ihre Leiden mir zu Herzen
gehen!
Ihr Schwestern kommt! Die Fürstin ist allein.

Die Nimfen (treten auf.)

Seht, eingewiegt in sanften, süßen Schlummer
hat unsre Fürstin hier ihr banget Kummer.

Kalypso. (im Schlafe.) Ulysses könnte mich
verlassen!
Ach wehe mir! Die Ruh ist hin.

Nimfen. Sie träumet von Ulysses sich ver-
laßen. —
Der Rache Fluch ereile ihn!
(von weitem Blitz und Donner.)
Weh uns!
(Blitz und Donner.)
Weh uns! was zeigt der Donner an?

Kalypso. (fährt auf.) Wer nimmt sich der
Verlaßnen an?

Nimfen.

Nimfen. Der Freundschaft Arm wiegt sanft
in Ruh.
(Donner.)
Der Donner rollt! was fürchtest Du?
Er rollt herab. Es flammen Blitze!

Kalypso. O! daß ich doch unsterblich bin!

Nimfen. Uns drohen diese Flammenblitze!

Kalypso. Ach! meine Ruh ist ewig hin!

Nimfen. (knieend.) Kronion, großer Gott der
Götter!
Wir flehn zu Dir in Sturm und Wetter.
Wir fluchten dem Verräther nach,
Der treulos seine Schwüre brach.

Kalypso. Ja! Unglück folge dem Verräther,
grausam entriß er mir die Ruh.
Das Echo ruf' dem Missethäter
Den Fluch der Rache ewig zu.
(Donner und Sturm.)

Chor von Telemachs Gefolge (von innen.)
O wehe uns! wir sind verloren!
Ach Zeus! hör' unser Angstgeschrei.
Ist uns denn hier der Tod geschworen?
Wer rettet uns? wer steht uns bei?

Die Nimfen (laufen auf die Marmortreppe.)
Ach seht! dort kämpft mit Sturm und
Wellen

ein Schiff in wilder Wogen Wuth.
Es droht am Felsen zu zerschellen,
und Mast und Segel raubt die Fluth.

Kalypso. Mein Herz will Schonung für die
Armen,
es hört die Klagen fremder Noth.
Ich schenke ihnen mein Erbarmen,
ja! ich entreiße sie dem Tod.

Nimfen. Seht, Menschen auf den Wellen
schwimmen!
Hier ringen sie mit Sturm und Fluth,
den nahen Felsen zu erklimmen,
und trotzen kühn der Wogen Wuth.

Kalypso. Diese Menschen sollen leben,
kommt und nehmt euch ihrer an!
Seht der Armen banges Streben,
auf! und nehmt euch ihrer an.

Nimfen. Diese Menschen sollen leben,
ihrer nehmen wir uns an.
Aengstlich ist der Armen Streben.
Zieht an's Ufer sie heran.
(Sie eilen ab.)

(Sturm und Donner werden heftiger.)

Zweiter

Zweiter Auftritt.

Mentor. Telemach. Anthenor.
Lisias. Leukas. Jäthos. (in einem
Nachen, auf dem Meere umher getrieben.)

Chor.
Ihr Götter helft! wir sind verloren!
o! höret unser Angstgeschrei.
Ist uns denn hier der Tod geschworen?
Wer rettet uns? wer steht uns bei?
(Sie erreichen das Ufer, springen an's Land,
und fallen dankend auf die Knie.)

Wir danken euch, ihr guten Götter!
Ihr nahmt euch unsrer huldreich an.
Ihr wart in Fluten unsre Retter
und zeigtet uns durch Wellen Bahn.
(Sie springen auf.)

Dritter Auftritt.

Vorige. Esyra. Polaris.

Nimfen. Wir heißen euch bei uns willkommen!
Willkommen hier in unserm Reich!

Wollt ihr zu unsrer Fürstin kommen?
Mit Trank und Speis' erquickt sie euch.

Die Männer. Wohl uns! hier lächelt uns
der Hafen!
Wir sagen eurer Fürstin Dank.

Nimfen. Ihr findet hier bei uns den Hafen.
Ihr findet bei uns Speis' und Trank.
(alle ab.)

Vierter Auftritt.

Ein kurzes Zimmer.

Eucharis. Leukothea. (hernach.) Esyra. Polaris. Mentor. Telemach. Anthenor. Leukas. Zäthos. Lisias.

Eucharis. Kommen sie wirklich? — Sind sie gerettet?

Leukothea. Sie sind gerettet. Sie kommen.

Eucharis. Wer mögen sie wohl seyn?
Esyra.

Efyra. (kömmt.) Sie kommen! Sie folgen uns.

Polaris. Nur- herein! — Nur mir nach!
(Sie treten ein.)

Efyra. Ich werde euch sogleich melden.
(ab.)

Telemach. Dank euch und eurer Fürstin! — Wo sind wir? Wie nennt ihr diese Insel? Wie nennt sich eure großmüthige Fürstin, die Beherrscherin dieses reizenden Eilandes?

Eucharis. Ihr seyd hier auf Ogygia, und die Beherrscherin dieses Eiland's ist die hehre Göttin Kalypso.

(ab. — Ihr folgen Polaris und Leukothea.)

Fünfter Auftritt.

Mentor. Telemach. Anthenor. Leukas. Zäthos. Lislas.

Mentor. (nachdenklich.) Kalypso!

A 5

Tele-

Telemach. Kalypso? — Mentor! Du sprachst diesen Namen so bedenklich aus. Was fehlst, was ahndest Du?

Mentor. Die Zukunft droht uns Trennung.

Telemach. Uns? Wer könnte uns trennen? Was sollte mich von Dir reissen? von Dir, den ich so herzlich liebe? — Guter Mentor! Du weißt, daß ich mein Vaterland, daß ich die Tugend liebe.

Mentor. (umarmt ihn.) Vergiß das nie!

Telemach. Nie!

Mentor. Telemach! Freunde! seyd behutsam. Wir sind auf Ogygia und Kalypso herrschet hier. — Ich werde mich näher darüber erklären, ich werde euch mancherlei zu sagen haben, so bald ich glauben kann, mit euch allein zu seyn. — Jetzt, nochmals: — Ich empfehle euch Behutsamkeit.

Sechster

Sechster Auftritt.

Vorige. Maia. (hernach.) Kolofonio.

Maia. Ihr Fremdlinge! so eben habe ich einen eurer Brüder den Wellen entrissen. Es ist ein artiger Pursch!

Kolofonio. (kömmt herein.) Freilich! es ist Kolofonio. — Den Göttern sey gedankt! So seyd ihr denn auch gerettet? O! das hat Zevs sehr wohl gemacht. Willkommen, Prinz Telemach!

Maia. (vor sich.) Prinz Telemach!
(eilt ab.)

Mentor. (zu Kolofonio.) Unvorsichtiger!

Kolofonio. Was wollt Ihr?

Mentor. Deine Schwatzhaftigkeit hat uns verrathen. Du nenntest den Prinz bei seinem Namen. —

Kolofonio. Wer einen Namen hat, den nennt man auch bei seinem Namen. Ich sehe dabei nichts Böses.

Mentor.

Mentor. Ich sage Dir, daß Du sehr unvorsichtig gehandelt hast! (führt Telemach in den Hintergrund und spricht sehr ernsthaft mit ihm.)

Kolofonio. Ich begreife nicht, was er sagen will.

Leukas. Wir sind hier in Gefahr.

Kolofonio. In Gefahr? Glaubt's nicht! Um und neben mir, habe ich, seit ich aus dem Wasser kam, nichts als hübsche Mädchengesichter gesehen. Laßt euch nichts weiß machen. Unter Weibern — wenn man auch in Gefahr ist; — ist man wenigstens in allerliebster Gefahr!

Leukas. Aber Du weißt nicht, wo wir sind!

Kolofonio. Mich macht ihr nicht ängstlich. Schöne Augen sind keine Lanzen, freundliche Blicke sind keine Schwerdter, und ein zärtliches Lächeln ist kein Pfeilschuß. O Freunde! so ein Vier und zwanzig Paar schöne Augen in Reihe und Glied gestellt — das ist

ist ein Falanx von Wonne und Entzücken,
auf den man mit Vergnügen losbricht!

Ich weihe mich der Freude;
so lebt sich's wohl und gut.
Was fräg' ich nach dem Neide,
wie grämlich er auch thut!
Das Leben zu genießen,
gab man uns Lieb' und Wein.
Mir soll es sanft verfließen
im Freuden-Sonnenschein.

Ach! wär kein Weib auf Erden,
wer könnte glücklich seyn?
Wer könnte fröhlich werden
gäb' es nicht Lieb' und Wein.
Der Wein blinkt in dem Becher
viel schöner noch als Gold,
und einem frommen Zecher
ist auch Zythere hold.

Mich leitet durch dies Leben
der Freude Rosenband;
ihr hab' ich mich ergeben,
sie reicht mir froh die Hand.
Ich folge ihrem Winke,
und walle ihren Pfad,
ich scherze, lieb' und trinke,
so folg' ich ihrem Rath.

(will fort.)

Mentor.

Mentor. Bleib! — Ihr alle vernehmt durch meinen Mund des Prinzen Gebot und Befehl. Keiner von uns entrinne dem Tode, der sich hier von der Liebe bestricken läßt.

Kolofonib. Ich bin der erste der daran muß!

Mentor. Die Klugheit gebietet uns, vorsichtig zu seyn, und den Netzen zu entfliehen, welche man uns hier legen wird.

Leukas. Deine Warnung, kluger Mentor! erfahrener Greis! soll uns ein Schild gegen alle Versuchungen seyn, denen wir entgehen müssen.

Kolofonio. Die Liebe wird mich nicht weit laufen lassen!

Siebenter Auftritt.

Vorige. Maia.

Maia. Unsere Fürstin, die hehre Kalypso, ersucht den edeln Prinz aus Ithaka, den

den Sohn des weisen Ulysses, ihres Freundes, sich ihr zu nähern. Ich werde Dich zu ihr begleiten, edler Jüngling! Folge mir.

Mentor. Ich gehe mit euch.

Maia. Kalypso verlangt den Prinz allein zu sprechen.

Mentor. (bedeutend.) Prinz! Dein Schwur —

Telemach. Er wird mir heilig seyn.
(Geht mit Maia ab.)

Kolofonio. Ob ich denn wohl auch zur Audienz kommen werde?

Mentor. (nach einem kurzen Nachdenken.) Nein! ich darf ihn nicht allein gehen lassen.
(Geht ihm nach.)

Leukas. Laßt uns dem edlen Mentor folgen!
(ab, mit Elpäs, Jüthes und Anthenor.)

Kolofonio. Und ich? Bleibe ich hier, oder gehe ich auch mit? — Ich will mich wenigstens ein wenig im Schlosse umsehen. Vielleicht

leicht finde ich den Weg zur Hofküche, oder zum Keller.

(ab.)

Achter Auftritt.

Ein Muschelsaal, mit springenden Wassern. — Im Hintergrunde, ein Muschelthron auf welchem Kalypso sitzt.

Kalypso. Ihre Nimfen, (sitzen auf beiden Seiten.) Maia. Telemach.

Duett.

Telemach. (bewundernd und erstaunt.)
Welche Schönheit zum Entzücken!

Kalypso. Welch ein Feuer in den Blicken!

Beide. Dies schöne Auge voller Glut, belebt der Liebe kühner Muth.

Kalypso. Nur näher, Prinz aus Ithaka!

Telemach. Wie schön ist's in Ogygia!

Kalypso.

Kalypso. Willkommen hier, Ulysses Sohn!

Telemach. Du siehst in mir Ulysses Sohn.

Kalypso. (steigt vom Throne.)
Dein Vater war auch einst mein Freund.

Telemach. Mein theurer Vater war Dein
Freund?
Wohl mir! werd' ich ihn endlich finden?

Kalypso. Ach! Deiner Hoffnung Sterne
schwinden.
Er ist nicht mehr.

Telemach. Er ist nicht mehr?

Beide. Ulysses! Ach! er lebt nicht mehr.

Kalypso. Vergiß Dein Leid um Trost und
Ruh zu finden.
Die Freundschaft wird uns sanft verbinden.

Telemach. Bei Dir werd' ich nun Trost
und Beistand finden.
Die Freundschaft wird uns sanft verbinden.

Beide. In Einsamkeit, und gern allein
will Schmerz und banger Kummer seyn.
(Sie führt ihn ab. — Im Abgehen:)

Telemach. Kalypso ach!

Kalypso. Ach Telemach!

B   Telemach.

Telemach. Ulysses!

Kalypso. Ulysses!

Beide. Ulysses ach!
(beide ab.)
(Die Nimfen stehen auf und folgen ihr.)

Neunter Auftritt.
Kolofonio.

(kömmt von der andern Seite und sieht ihnen nach.) Ja! es ist der Prinz! — Der ist ja in den niedlichsten Zirkel von der Welt gerathen! Sie führen ihn gewiß zur Tafel. — Ich will doch zusehen, ob ich etwa auch von der Gelegenheit profitiren kann! (will fort.)

Zehnter Auftritt.
Kolofonio. Maia.

Maia. Wohinaus?

Kolofo

Kolofonio. Meinem Prinz will ich nach. Es könnte ihm etwa etwas zustoßen, und da —

Maia. Sey unbesorgt! Der Prinz ist in guten Händen.

Kolofonio. Ich war in eben so guten Händen, als Du mich aus dem Wasser zogst. Nun aber, ist mir's lieb, daß Du Deine Hand wieder von mir abgezogen hast, denn mein Leben ist mir lieber.

Maia. Was hat meine Hand mit Deinem Leben zu thun? Glaubst Du, ich sey eine Mörderin? Ich verstehe Dich nicht.

Kolofonio. Wenn ich mich deutlicher erklären wollte, so müßte ich Dir sagen, daß der alte Mentor in des Prinzen Namen uns allen den Tod gedroht hat, wenn wir uns von der Liebe blenden lassen, — aber so schwatzhaft bin ich nicht. Davon soll über meinen Mund keine Silbe kommen.

Maia.

Maia. (listig.) Daran thust Du wohl.

Kolofonio. Du wirst nichts von mir erfahren.

Maia. Du bist die Verschwiegenheit selbst!

Kolofonio. Gewiß! denn sonst würde ich Dir sagen, daß unser alter Mentor von Deiner Gebieterin eben nicht zum vortheilhaftesten spricht. — Still! da kömmt er.

Eilfter Auftritt.

Vorige. Mentor.

Mentor. Wo ist der Prinz?

Maia. Bei der Fürstin, wo es ihm sehr wohl gefällt.

Mentor. Kolofonio! Du folgst mir.

Maia. Wohin?

Mentor.

Mentor. Ich muß ihn sprechen —

Maia. Den Prinz?

Mentor. Ich will ihn sprechen!

Maia. Hier, befehlen und gebieten wir, und lassen uns von Fremdlingen nichts vorschreiben. Wir sind gewohnt zu herrschen, und ihr werdet uns den Herrscherstab nicht entwinden. Die Schönheit gebietet überall, und auch ihr werdet empfinden, daß ihr hieher gekommen seyd, euch von uns beherrschen zu lassen.

Mentor. Du sprichst mit sehr viel Zuversicht von euerer Macht.

Maia. Und das mit Recht. Wir, regieren durch Schönheit und Liebe, und verlachen alle euere weisen Bedenklichkeiten.

Kolofonio. (bej Seite.) Ich glaube, sie hat recht!

Maia.
Euch ihr Herrn, mit stolzen Blicken
lacht durch uns die Liebe aus.

Sanft

Sanft weiß Liebe zu beglücken,
und treibt finstre Weisheit aus.
Mädchen machen es nur so,
so, so, so! (winkt mit dem Finger.)
Euer Herz brennt lichterloh.

Eurer Weisheit düstre Falten
zieht die Liebe vom Gesicht,
und der Freude Zauberwalten
lockt euch, wenn sie traulich spricht:
Mädchen machen es nur so,
so, so, so!
Euer Herz brennt lichterloh!
(läuft ab, und zieht Kolofonio mit sich fort.)

Zwölfter Auftritt.

Mentor. Klizia.

Klizia. (trägt Telemachs Brustharnisch, Helm und Schwert und will eilig vorüber)

Mentor. Weib! was trägst Du hier? Ihr Götter! was sehe ich? Telemachs Waffen? Wohin trägst Du diese Waffen?

Klizia. Trofäen für Zytherens Tempel.

Mentor.

Mentor. Was sagst Du?

Klizia. Die Liebe entwaffnete den Kriegs-Gott, Kalypso den edlen Jüngling aus Ithaka.

(eilig ab.)

Mentor. Nein! bei'm Zevs! so soll's nicht seyn! Das soll der Kühnen nicht gelingen. Ich weiß ihn vom Verderben zu retten.

(Eine sanfte Musik.)

Dreizehnter Auftritt.

Mentor, Kalypso, und Telemach (ohne Waffen in leichten Kleidern, einen Blumenkranz im Haar.) **Eucharis, Leukothea, Efyra, Polaris,** (mit Rosenguirlanden tanzend um Kalypso und Telemach.) **Maia** (mit) **Kolofonio** (Hand in Hand.)

Mentor. Was sehe ich! Darf ich meinen Augen trauen? — (zieht sich in den Vorgrund des Theaters.)

Eucha-

Eucharis. Maia. Efyra. Polaris.

Freude lacht in sanften Blicken
wo die Liebe traulich geht.
O! sie wuchert mit Entzücken
das des Lebens Reitz erhöht.
Pfeile eilen froh zum Ziele
das die Liebe sich ersieht,
wenn im Rausche der Gefühle
jede Pein der Lust entflieht.

Mentor. (schmerzhaft.) Telemach!

Telemach. (eilt auf ihn zu.) Mentor! mein Lehrer und Freund!

Kalypso. Willkommen in meinem Reiche edler Mentor! Freund dieses Jünglings dem ich meine Freundschaft schenke!

Telemach. Freund! dem ich mein Leben, dem ich alles verdanke was ich bin und habe!

Kolofonia. Ihr Nimfen meines Gefolges! bindet Rosenkränze und erhöht ihren Wohlgeruch durch duftende Salben, das Haupt dieses würdigen Mannes zu kränzen.

Mentor.

Mentor. Keine Rosenkränze, keine duftenden Salben für mich! Ich bin kein Jüngling mehr, und mein Herz ist der Weisheit geweiht die nicht nach Blumenkränzen seufzet. Erlaube mir schöne Göttin! mit Telemach ein Wort allein zu sprechen.

Kalypso. Bist Du auch mein Freund? — (Pause.) Nach der Tafel sollst Du den Prinz sprechen.

Mentor. Keinen Aufschub! Jetzt gleich muß ich ihn sprechen.

Kalypso. (etwas verlegen.) Wenn es seyn muß —

Mentor. Es muß seyn.

Kalypso. (vor sich.) Ich begreife die Gewalt nicht, die dieser Mann über mein Herz hat! — (zu Telemach.) Ich erlaube es Dir, mit Deinem Freunde allein zu seyn. — — Maia! (sagt ihr etwas in's Ohr.)

Maia. Ich verstehe! (reicht Kolofonie die Hand.)

Kolofonio. Nun? was soll das geben? Soll ich mit Dir auch allein sprechen?

Maia. Freilich.

Kolofonio. Das nehme ich nicht übel.

Kalypso. (drückt Telemach die Hand.) Prinz! ich sehe Dich bald wieder bey mir. (etwas heimlicher.) Deine Freundin erwartet Dich mit zärtlicher Ungedult. — (zu den Nimfen.) Folgt mir!

Eucharis. Maia. Cfyra. Polaris.
Freude lacht in sanften ꝛc. ꝛc.
(im Zuge ab.)

Vierzehnter Auftritt.

Mentor. Telemach.

Mentor. Telemach! liebst Du mich noch?

Telemach. Mehr als jemals, Du mein Vater! Da Ulysses nicht mehr ist.

Mentor.

Mentor. Wer sagte Dir das?

Telemach. Kalypso selbst gab mir die Versicherung —

Mentor. Sie hintergieng Dich. Sie will Dich Deinem Vaterlande entreißen, sie will Dich mit unerlaubten Banden umschlingen. Nie warst Du in größerer Gefahr, als jetzt. Hier ist kein Aufenthalt für Dich. Hier thront die Weichlichkeit, und Du, ein Sohn des kühnen Vielerdulters Ulysses, bist zu Thaten geboren. Schäme Dich dieser Blumenkränze. Ist Dir der Helm zu schwer geworden? Prinz von Ithaka! wo bist Du? Wo ist der edle Sohn des weitberühmten Ulysses? Du bist es nicht? In dieser Tracht erkennen Dich die Griechen nicht. So wandelte der feige Alexandros in Ilions hohen Mauern von Gastgelag zu Gastgelag, aber sein Herz kannte keinen Heldenruhm. — Ich lese, was in Dir vorgeht, in Deinen Blicken. Dein Herz ist gefangen. Du liebst Kalypso.

Telemach. (seufzend.) Ich liebe sie!

Mentor.

Mentor. Du bist verloren. Ehre und Ruhm sind für Dich dahin.

Telemach. O! daß wir doch nie diese Insel betreten hätten! o! daß wir noch die blauen Fluten durchschnitten und nie hier gelandet wären. Hinaus! hinaus! zurück auf das ungestüme Meer!

Mentor. Das soll geschehen. — Dort, hoffe ich Ulysses Sohn wieder zu finden.

> Fort, aus dem Zauberlande
> wo träge Wollust thront!
> und wo man nur mit Schande
> die Ehre selbst belohnt
> Dich zieht des Ruhmes schönes Band;
> es rufen Freund und Vaterland.

(beide ab.)

Funfzehnter Auftritt.

Das kurze Kabinet.

Kalypso. Die Nimfen (ohne Eucharis.)

Kalypso. Welche von meinen Nimfen ist nicht zugegen?

Alle.

Alle. Eucharis.

Kalypso. (bei Seite.) Eucharis? Hätte ich mich also doch nicht in ihren Blicken geirrt? — (laut.) Eucharis soll sogleich erscheinen!
(Eine Nimfe geht ab.)

Kalypso. (zu Maia.) Der Fremde?

Maia. Ist wohl verschlossen.

Kalypso. Ich will ihn sprechen. — Umhülle mit dieser Binde seine Augen, und führe ihn hieher. Was ich von ihm zu wissen verlange, sollst Du ihm abfragen. Mich, darf er nicht sehen.
(Maia nimmt die Binde und geht ab.)

Kalypso. Ihr öffnet den Thiergarten zur Jagd. Alles werde aufgeboten, was dem Prinzen zum Vergnügen dienen kann.
(Die Nimfen ab.)

Kalypso. Warum klopft mein Herz? was fürchte ich? Ich, Kalypso, sollte eine Nebenbuhlerin fürchten? Nein! und wär sie auch Eucharis, ich fürchte sie nicht. Doch, Gewißheit muß ich haben, es koste auch, was es wolle.

Sechs-

Sechszehnter Auftritt.

Kalypso. Maia. Kolofonio.

Kolofonio. (mit verbundenen Augen.) Aber sag mir nur, schönes Götterkind! wo Du mich hinführst?

Maia. Wir sind schon, wo wir seyn sollen.

Kolofonio. So nimm mir die Binde ab.

Maia. Kein Wort davon, oder Du bist des Todes.

Kolofonio. Ach! ich merke alles. Du hast mich zum Gott der Liebe gemacht, damit ich Dich empfindsam machen soll. Laß das gut seyn, ich habe keine Pfeile und sehe auch mein Ziel nicht.

Maia. Still! und beantworte meine Fragen.

Kolofonio. Das wird ein schönes Examen werden! Du fragst bei der freundlich-
sten

sten Aufklärung, einen Menschen der Dir aus Nacht und Dunkelheit Antwort geben muß. Liebes Kind! ich bitte Dich, illuminire mich armen Obskuranten ein wenig. Oder, darf ich's selbst thun? (greift nach der Binde.)

Maia. (schlägt ihn auf die Hand.) Verwegner!

Kolofonio. O schöne Erleuchtete! wie danke ich dem Himmel, daß er Deine Finger nicht in Aufklärungsblitze verwandelt hat.

Maia. Du schweigst und antwortest.

Kolofonio. Wie Du befiehlst.

(Maia tritt nahe zur Kalypso, die ihr die Fragen jederzeit vorher in's Ohr sagt.)

Maia. Wie nennst Du Dich?

Kolofonio. Kolofonio.

Maia. Wo bist Du geboren?

Kolofonio. Zu Kolofon. Ich bin ein freigeborner Jonier, und sitze dermalen in Finsterniß um und an, wie die Nachteulen im aufgeklärten Athen.

Maia.

Maia. Wie kamst Du zu Telemach?

Kolofonio. Ich gieng auf Befehl meiner Obrigkeit, als ein freier Mann, auf Reisen, litt Schiffbruch und kam nach Kreta, wo die Wahrheit zu Hause ist. Dort lernte mich Prinz Telemach kennen, er erhörte die Bitte eines Freigebornen, und nahm mich in seine Dienste.

Maia. Wen liebst Du mehr? den Prinz, oder den alten Mentor?

Kolofonio. Schönes Kind! das ist eine Gewissensfrage. Wer ist zugegen? Der Prinz, oder Mentor?

Maia. Keiner von beiden.

Kolofonio. Nun, so muß ich Dir aufrichtig gestehen, der alte Mentor ist mein Mann gar nicht. Er ist ein Stück von Filosofen, und mit dergleichen Leuten geht sich's herzlich schlecht um. Wär er nicht bei uns, der Prinz würde sich ganz anders benehmen. Aber der Alte predigt den ganzen Tag in ihn hinein,

ein, und da kann nichts Gutes herauskommen. Er ist ein Freudenhasser, der alte Moralist, und verdirbt die frohen Neigungen unsers Prinzen, in Grund und Boden hinein.

Maia. Ist Mentor gern hier?

Kolofonio. Lieber im Orkus als hier. Er raisonnirt über die brave Kalypso, daß es eine Sünde und eine Schande ist. Er nennt sie eine Sirene, und sagt, sie hätte —

Maia. Schon gut! — Aber Du, liebst die Göttin Kalypso?

Kolofonio. Mehr als mein Leben. Sie ist ein Ausbund aller braven Göttinnen die sich die Mühe nehmen, auf Erden zu wohnen. Ich wünschte ihr durch meine Dienste meine Ergebenheit beweisen zu können.

Maia. Das kannst Du. — Die Fürstin braucht eine Art von Kundschafter —

Kolofonio. Aha! und der, soll ich seyn?

Maia. Sie wird Dich königlich für Deine Dienste belohnen.

Kolofonio. Vor allen Dingen, muß sie mir meinen Kopf garantiren.

Maia. Was Du hast, sollst Du nicht verlieren.

Kolofonio. Einen Kopf habe ich! Einen schon ionischen Kopf! daß ich verschwiegen bin, weißt Du schon. Wär ich es nicht, so könnte ich sagen, Mentor treffe Anstalten zur Abreise, aber bei der keuschen Cinthia! davon soll keine Silbe über meine Zunge kommen.

Maia. Wenn Du den Prinz sprichst, so kannst Du ihm die Versicherung geben, seine Abreise werde unsere Gebieterin in die tiefste Wehmuth versetzen.

Kolofonio. Das will ich ihm sagen. — Eigentlich muß ich Dir gestehen, die Abreise käm mir sehr ungelegen, denn ich bin eben im Begriff hier etwas zu verlieren, das man sehr gern verliert. — Du merkst es doch, daß von meinem Herz die Rede ist?

Maia. Aha! — Und an wen möchtest Du denn Dein Herz verlieren?

Kolofonio. Da ich kein Prinz bin, und es nicht an die Göttin Kalypso selbst verlieren kann, so will ich es an Dich verlieren, meine Taube!

Kalypso. (giebt ihr einen Wink ihm die Binde abzunehmen, und geht schnell ab.)

Siebzehnter Auftritt.

Maia. Kolofonio.

Maia. Also Du liebst mich wirklich?

Kolofonio. Apollo selbst kann die schöne Dafne nicht zärtlicher geliebt haben, als ich Dich liebe.

Maia. (nimmt ihm die Binde ab.) Deine Aufrichtigkeit soll an den Tag kommen.

Kolofonio. (reibt sich die Augen und sieht sich um.) Sind wir denn wirklich ganz allein?

Maia. Wie Du siehst.

Kolofonio. Aber warum hast Du mir denn die Augen verbunden, da wir allein waren?

Maia.

Maia. Das geschah bloß, um Deine Gedult zu prüfen.

Kolofonio. Nun, so habe ich die Prüfung glücklich überstanden! — Darf ich nun hoffen, von Dir geliebt zu werden?

Maia. Ich denke!

Kolofonio. Nun, wenn Du es denkst, so darf ich es auch denken.

Maia. Wenn Du willst!

Kolofonio. O ja! ich will. — Wie nenne ich Dich aber, feines Liebchen?

Maia. Maia.

Kolofonio. O Du allerliebste Maia! — Listig bist Du aber doch. Du machst mich blind, ehe Du mir sagst, daß Du mich lieben willst.

Duett.

Maia. Ich prüfe, wenn ich lieben will, vor allen die Gedult.

Kolofonio. Ei, necke Du! ich halte still. Ich habe viel Gedult.

Beide. Die Liebe häuft so manche Schuld auf andrer Rechnung an.
Dann ist's allein nur die Gedult
die uns bezahlen kann.

Maia.

Maia. Die Launen wechseln wunderbar,
wo Lieb' um Liebe spielt.

Kolofonio. Das bringt mir weiter nicht
Gefahr.
Wohlan! es wird gespielt.

Beide. Nichts störe unsre sanfte Ruh,
die Liebe wiegt uns ein;
Wir drücken gern die Augen zu
und wollen glücklich seyn.

Kolofonio. Küß' ich ein Mädchen dann
und wann —

Maia. So mach' ich es gleich so!
(hält sich die Augen zu.)
Und küß' ich einen andern Mann —

Kolofonio. So mach ich es auch so.
(hält sich die Augen zu.)

Beide. Es bleibt so so so!
Und immer sind wir froh.

(beide ab.)

Achtzehnter Auftritt.

Mentor. Telemach. (kommen von verschiedenen Seiten.)

Mentor. Nun Prinz! was hast Du beschlossen?

Telemach. Dir zu folgen, mich nicht von einer entehrenden Liebe von der Bahn des Ruhms und der Ehre, zurückhalten zu lassen.

Mentor. Ich danke den Göttern, wenn dies Dein fester Entschluß ist.

Telemach. Er ist es; das schwöre ich Dir bei der Asche meines Ahnherrn zu!

Mentor. Wohl Dir! Du bist für Dein Vaterland gerettet. Du bist Ulysse's edler Sohn! Du bist der Liebling meines Herzens!

(Trompeten hinter der Szene.)

Neunzehnter Auftritt.

Vorige. Kalypso. Zwei Nimfen.

Kalypso. Fremdlinge! ist euere Unterhaltung geendiget, so bitte ich euch, mir zur Tafel zu folgen.

Telemach. Wir sind bereit.

Kalypso. Prinz! Du bist nicht mehr, wie ich Dich verließ.

Tele=

Telemach. Wir sprachen vom Vater und Vaterland.

Kalypso. Diese Unterhaltung ziemt einem Fürsten wohl. Er denke in der Ferne seiner Unterthanen mit Huld und Güte, und wisse in der Nähe die Freunde der Fremde zu schätzen. Uns verknüpfe ein heiliges Band der Gastfreundschaft. (reicht ihm eine Schleife.) Der edle Sohn des tapfern Ulysses sey in Ogygia eben so willkommen und zufrieden, wie in seinem Reiche. — Auch Dir, edler Führer dieses Prinzen! reicht die Freundschaft ein Pfand der Hochschätzung durch die Hand Deiner Freundin. (reicht ihm eine Schärpe.)

(Trompeten hinter der Szene.)

Kalypso. Der Ruf zur Tafel! — Folgt mir zum freundschaftlichen Gastmal, und dann unterhalte uns das Vergnügen der Jagd. (Sie nimmt Telemach bei der Hand und führt ihn ab.)

(Die Nimfen folgen ihr.)

Mentor. (sieht ihnen nach, und schüttelt bedenklich den Kopf.) Ja doch! zur Jagd! zur Jagd! —

(ab.)

Zwanzigster Auftritt.

Maia. Kolofonio.

Maia. (zieht ihn zur entgegen gesetzten Seite auf der die andern abgiengen, herein.)

Kolofonio. Freundin! nur gemach! — Wo soll's denn zugehen?

Maia. Zur Tafel.

(Trompeten.)

Kolofonio. Zur Tafel? dazu, bedarfst Du keiner Gewalt, schöne Nimfe! Dahin folgt Dir Kolofonio gar willig und gern.

(beide ab.)

Ein und zwanzigster Auftritt.

Finale.

Chor (von innen.)
Hoch soll Kalypso leben!
Der junge Held soll leben!
Kalypso lebe, lebe!
Es lebe Telemach!
Das Echo schalle nach.

Zwei

Zwei und zwanzigster Auftritt.

(Ein schöner Saal, mit einer besetzten Tafel im griechischen Geschmack. — Auf beiden Seiten der Tafel stehen Glutpfannen auf denen wohlriechendes Räucherwerk dampft. — An der Tafel sitzen, **Mentor, Kalypso und Telemach.** — Die **Nimfen** stehen auf der einen Seite. Telemachs Gefolge auf der andern Seite.)

(Das Chor wird wiederholt, sobald die Gardine aufrollt.

(Tänzerinnen erscheinen in verschiedenen Gruppen. — Eine derselben, krönet mit Rosenkränzen, Kalypso, Telemach und Mentor.)

Mentor. (nimmt unwillig seinen Kranz von dem Haupte, und legt ihn auf die Tafel.)
Die Rosen sind nicht für Soldaten!
Das ist nur Kinderspiel und Tand.
Wir ringen nur nach großen Thaten,
und achten nicht der Wollust Band.

Telemach, (zu Kalypso.) Mein Mentor ist
voll Zorn und Grimm!

Kalypso. Fürwahr! er ist sehr ungestüm.

Telemach. Drum müssen wir behutsam
seyn.

Kalypso. Ach Telemach! Du bleibst doch
mein?

Telemach. Ich kann und darf es Dir nicht
sagen,
was mir an meinem Herzen nagt.

Kalypso. Dein Schweigen scheint mir
laut zu sagen,
daß Deine Liebe wankt und zagt.

Mentor. (vor sich.) Seht, wie sie lispeln,
wie sie kosen!
Ach! ihn betäubt der Duft der Rosen.

Mentor. ⎫ Bald muß (er / ich) von Ka-
          ⎬ lypso gehn,
Telemach. ⎪ sonst ist's um (ihn / mich) ge-
          ⎭ wiß geschehn.

Kalypso. Wird er von meiner Seite gehn,
so ist's gewiß um mich geschehn!

Kalypso. (zu Telemach.) Willst Du als
Freund stets bei mir leben,
so laß zum ewig theuerm Pfand
Dir diesen Kuß der Liebe geben.
Er sey der Treue Unterpfand.
(küßt ihn.)

Mentor. (springt auf.) Nein, bei allen Göttern! nein!
solche Frechheit darf nicht seyn.
Eilig, eilig fort von hier.
Telemach, auf! folge mir.

Kalypso.

Kalypso. (ihn zärtlich anblickend.)
Telemach! mein Telemach!

Mentor. Eilig müssen wir entfliehn! schon verloren seh' ich ihn.

Telemach. (springt auf.) Mich umschlingen ihre Ketten.
Ich muß fliehen, muß mich retten.
Weh! mir folgt die Reue nach.
(Alle verlassen die Tafel.)

Chor. Liebe konnte sie verblenden.
O! was hat sie doch gethan!
Ach! wie wird das alles enden?
Ach! was hat sie doch gethan!

Mentor. Kannst Du nun den Abgrund sehen?
sieh hinab, und rette Dich.

Telemach. Ach! es ist um mich geschehen!
Mentor! Mentor, rette mich!

Kalypso. Nimfen. Mentor wird von Wuth entbrennen
wenn man ihn zu halten sucht.

Mentor. Komm, mein Prinz! und folge mir.

Telemach. Ja, mein Freund! ich folge Dir.

Mentor.

Mentor. (zu Kalypso.) Göttin! Dank
für Deine Freuden.

Telemach. Unsre Pflicht gebeut zu scheiden.

Kalypso. Freunde! bleibt doch länger hier.
Noch laß' ich euch nicht von mir..
(spricht heimlich mit einer Nimfe, die abgeht, und gleich wieder kömmt.)

Mentor. Länger gilt hier kein Verweilen,
denn uns ruft das Vaterland.

Nimfen. Mag doch Mentor von uns scheiden,
bleibt der Prinz in unserm Land.

Männer. Pflicht und Ehre sind das Band
an ein fernes Vaterland.
(Jagdhörner.)

Kalypso. Hört ihr auch das Jagdhorn
schallen?
Auf! es ruft uns in den Wald.
Laßt euch noch bei mir gefallen
einen kurzen Aufenthalt.

Die Männer. Hört die lauten Hörner
schallen!
Auf zur Jagd! auf, laßt uns gehn.

Weiber. Laßt es euch bei uns gefallen,
wo wir euch so gerne sehn.

Alle. (singen dies nach, und gehen ab.)

Drei

Drei und zwanzigster Auftritt.

Kolofonio (mit Spieß und Pfeilen bewafnet, einen gefüllten Quersack auf der Schulter.) **Maia** (mit Köcher, Bogen und Pfeilen.)

Kolofonio und Maia (wechselseits.)
Mein Liebchen! jetzt ziehen wir beide
auf's Jagen und schießen uns was.
Und finden wir daran nicht Freude
so lagern wir uns in das Gras.
Da wollen wir lachen und scherzen
und kosen und tändeln und herzen.
Dann schlummern im schattrigten Hain,
beim Sange der Vögel wir ein.
(beide ab.)

Vier und zwanzigster Auftritt.

Kurzer Wald.

Eucharis.

Goldne Ruh, ach! kehre wieder
in mein armes krankes Herz!
Süße Hoffnung, steig hernieder,
lindre freundlich, meinen Schmerz.
(bricht Blumen.)

Gute Blümchen! ihr wart immer
Zeugen meiner Fröhlichkeit.
Ach!

Ach! ihr werdet nun auf immer
Zeugen meiner Traurigkeit.
Nur der Hoffnung sanfter Schimmer
lindert meines Herzens Qual.
Ja, mein Herz faßt ihn auf immer
diesen sanften Hofnungsstral.

(ab.)

Fünf und zwanzigster Auftritt.

Kolofonio. Maia.

Maia. Ei so lauf! was soll das heissen?
Nimm doch Deine Maia mit.

Kolofonio. Liebes Kind! auf solchen
  Reisen,
geht man nicht nur Schritt vor Schritt.
Mentor hinter jenen Büschen
schleicht umher dort. Siehst Du's nicht?
Laß mich allgemach entwischen.
Mich hier finden darf er nicht.

(ab.)

Sechs und zwanzigster Auftritt.

Maia. Mentor.

Mentor. Wer lief dort in die Weite?
Sag mir: wer war der Mann?

Maia.

Maia. Du irrst Dich, guter Alter!
Ich sah hier keinen Mann.
Ein Wild lag hier im Grünen,
doch kaum war ich erschienen,
sprang es in Wald hinein.
Willst Du das Wild ereilen,
so nimm von meinen Pfeilen
den besten, er sey Dein.
Ei, nicht so unentschlossen!
Auf, auf! das Wild geschossen.
Ich eile rasch voran,
und zeige Dir die Bahn.

(ab.)

In der Ferne. Hau, hau, hau! ꝛc.

Mentor. Jetzt jagt durch Wald und Au
der Prinz an Blumenketten.
Ihr Götter könnt ihn retten!
Auf Mentor! auf die Au.

(ab.)

Sieben und zwanzigster Auftritt.

Thiergarten. Im Hintergrunde ein Gitter durch welches man in den Wald sieht.

(Verschiedene Thiere werden von Telemach und den Nimfen mit Jagdspießen über die Bühne getrieben und verfolgt.)

Chor.

Hau, hau, hau, hau!
Wie schön ist's in der Au!

Die

Die Jagd erweckt zu hoher Luft
stets neue Freuden in der Brust.
Hau, hau, hau!
Wie schön ist's in der Au.
      (Die Jagd verliert sich in die Ferne.)

Acht und zwanzigster Auftritt.

Kolofonio.

Geht mir mit euerm Jagen!
wie wird man müd' und matt.
Stets leerer wird der Magen,
der Spas macht mich nicht satt.
      (setzt sich und öffnet seinen Quersack.)
Heraus du süße Torte,
du sanfter Thieer Wein.
Wer morden will, der morde,
und lasse mir den Wein!

    In der Ferne. Hau, hau ꝛc.

Ich bin kein Freund vom Jagen,
der Tisch ist meine Welt,
dort werd ich immer sagen,
daß mir's sehr wohl gefällt.
Und wunsch' ich was zu fangen,
so ist's kein wildes Thier.
Mein Wünschen mein Verlangen,
ruht, Maja! jetzt bei Dir.
      (Es kommen zwei Bären geschlichen.)

                  Ach!

Ach! solch ein Stückchen Torte!
Ach! solch ein Gläschen Wein!
Wer träumte wohl vom Morde
bei gutem Thieer Wein?
 (Die Bären haben sich ihm gegen über auf beide Sei-
 ten gesetzt, und speisen Aepfel.)
    (Er erblickt die Bären.)
O weh mir! Tischgenossen!
Das steht mir gar nicht an.
Nein! das sind keine Possen!
Was fang' ich doch nur an?
Nun schmeckt kein Tropfen Wein.
Mir beben Arm und Bein!
Mich sachte fortzuschleichen
das wär wohl noch das Beste.
Bleibt ihr bei euresgleichen
in euerm Bärenneste.
 (rutscht immer rückwärts weiter, springt endlich auf,
 und läuft davon.)
 (Jagdhörner. Die Jagd kömmt wieder näher.)
    (Die Bäre kriechen fort.)

Neun und zwanzigster Auftritt.

Telemach. Eucharis.

(Ein Hirsch jagt über die Bühne. Telemach wirft ihm seinen
 Jagdspieß nach. — In diesem Augenblick springt ein Löwe
 auf ihn zu.)

Telemach. Allmächtige Götter! rettet, schü-
    tzet mich!

   D   Eu-

Eucharis. (eilt herbei, spannt den Bogen und schießt nach dem Löwen, der getroffen davon eilt.)

Telemach. Erhabne Göttin! ach! wie nenn'
ich Dich?
Du hast vom Tode mich befreit.
Mein Dank sey ewig Dir geweiht.
Belohnend zahlt die Dankbarkeit
den schönsten Lohn der Tapferkeit.

Eucharis. (in Verwirrung.) Ich bitte Dich,
mein Prinz verzeih! —
Der Fall, — es war viel Glück dabei! —
Ich schätze Deine Dankbarkeit
die mich zu Deiner Freundin weiht.

Telemach. (hält sie zurück.)
O Schönste! bleib. Zu Deinen Füßen
liegt Telemach, und bittet Dich.
(fällt nieder.)
Mag es die stolze Fürstin wissen:
auf ewig lieb' ich Dich!

Dreißigster Auftritt.

Vorige. Kalypso. (kömmt schon als Telemach vor Eucharis niederfällt.)

Kalypso. (im Hintergrunde.)
Was seh' ich hier? Weh Telemach!
Ihr Götter! rächet diese Schmach!
(eilt wüthend ab.)

Ein-

Ein und dreißigster Auftritt.

Eucharis. Telemach.

Telemach. O Eucharis! nicht so betroffen! Ich liebe Dich. — Ach! darf ich hoffen?

Zwei und dreißigster Auftritt.

Vorige. Mentor. Kalypso. Nimfen. Telemachs Gefolge. (bleiben, die beiden Verliebten beobachtend, im Hintergrunde.)

Eucharis. Wenn Kalypso —

Telemach. Ich verstehe —
(steht auf.) Hier, nimm die Hand
zum Unterpfand. —
Ich schwöre Dir auf ewig Liebe.
Dies Herz ist meiner Treue Pfand.

Eucharis. (nach einer Pause.)
Ein ewig, theures Pfand!

Beide. O höre Wald und Feld und Flur,
ihr Götter! hört der Liebe Schwur.

Mentor und Kalypso. (treten zwischen beide.)
Keine Schwüre! —

Eucharis. Wehe mir! —

Telemach. Fasse Muth! ich bin bei
Dir.
Mir als Schützerin zur Seite,
als sie mich vom Tod befreite,
war sie noch einmal so schön.

Kalypso. Mentor. Wie verwegen!
Welch Vergehn!

Telemach. Ihre Blicke. —

Kalypso. Mentor. Wie bethört!

Telemach. Ihre Unschuld —

Kalypso. Mentor. Unerhört!
Fort von hier! — Ihr seyd verloren,
wenn ihr hier noch länger weilt.

Telemach. Treue hab' ich ihr geschworen.
Treu' und Liebe ungetheilt.

Kalypso (zieht den Dolch auf Eucharis.)
Kein Erbarmen mehr für dich!

Telemach. (tritt dazwischen.)
Dieser Dolchstoß treffe mich!

Ka

Kalypso. Dieser Dolch für sie und Dich.

Telemach. Eucharis. (sich umarmend.)
Unsrer Liebe festes Band,
trennet nie des Schicksals Hand.

Kalypso. (zuckt den Dolch auf Eucharis.)
Ha! sie stirb!

Mentor. (fällt ihr in den Arm und entwindet ihr den Dolch.)
O! halte ein!

Chor. Lieb' und Wuth entflammt die Blicke
nimmt ihr Herz mit Mordsucht ein.

Telemach. Eucharis. Fürstin höre —

Kalypso. Wehe euch!

Telemach. Eucharis. Ach! gewähre.

Kalypso. Wehe euch!

Chor. Lieb' und Wuth entflammt die Blicke,
nimmt ihr Herz mit Mordsucht ein.
O! wer wagt's im Mißgeschicke
seinen Feinden zu verzeih'n?

Kalypso. Welche Kühnheit! welche Tücke!
Schrecklich elend sollt ihr seyn.
Fluch dem falschen Mißgeschicke!
Nimmer werd' ich euch verzeih'n.

(stürzt wüthend ab.)

(Staunende Gruppe.)

(Der Vorhang fällt.)

Zweiter Aufzug.

Freie Gegend. Meer im Hintergrunde. Auf demselben ein Schiff.

Erster Auftritt.

Telemachs Begleiter. (richten den Mast des Schiffs auf, befestigen die Segel ꝛc. ꝛc. und singen unter der Arbeit.) **Mentor** (sitzt im Vergrunde des Theaters, spricht mit sich selbst, geht unruhig auf und ab, setzt sich wieder ꝛc. ꝛc.)

Chor.

Bald tragen uns die Wellen
auf blauer Fluthen Bahn.
Auf, rüstige Gesellen!
nehmt euch der Arbeit an. Lalala!

Bald tragen uns die Wellen
von diesem Unglücksstrand,
Auf, rüstige Gesellen!
dort winkt das Vaterland. Lalala!

Auf! singet Freudenlieder!
Sanft streicht der Südwest her.
Wir schwimmen froh, ihr Brüder!
auf ungebahntem Meer. Lalala!

(Sie setzen auf dem Schiffe sich nieder, essen und trinken.)

Zweiter Auftritt.

Vorige. Telemach.

Telemach. Mentor! — Mein Mentor!

Mentor. (wie aus dem Schlummer erwachend.) Prinz?

Telemach. Vergieb, wenn ich Dich in Deiner Ruhe störte.

Mentor. Ruhe? Kennen wir auch noch die Ruh?

Telemach. Ach Mentor! was ist aus mir geworden. (legt das Gesicht auf seine Schulter.)

Mentor. Ein Ball der Weiber.

Telemach. (erschrocken) Mentor!

Mentor. Ein Weichling.

Telemach. (eben so.) Mentor!

Mentor! Ein Spott der Krieger.

Telemach. (empfindlich) Ich bin ein Königs Sohn —

Mentor. Leider!

Telemach. Ich bin Herr meiner Handlungen.

Mentor. Nein.

Telemach. Bei den Göttern! ich bin es; ich will es seyn.

Mentor. So bedarfst Du keinen Führer, keinen Rathgeber mehr. Aber mein Wort will ich lösen, da Du das Deinige vergessen hast. Ich gieng über's Meer, Deinen Vater aufzusuchen.

Telemach. O Mentor! verweile nur noch Einen Tag.

Mentor. Ich verweile keinen einzigen Tag länger, und ich hoffe Du wirst mir folgen.

Folge mir, Dich ruft die Ehre!
Fliehe den Sirenen Ton
der Dich lockend ruft. O höre,
höre mich geliebter Sohn!
Wecken feiler Wollust Töne
Ruhm und Ehre in Dir auf?
Schnell verändert sich die Szene.
Gieb den Ruhm für falsche Hoffnung auf.

Weibergunst bethört nur Thoren
legt nur Feigen Fesseln an.
Prinz! Du bist zum Held geboren,
zeige muthig Dich als Mann.
Raucht aus Troia's Flammengrunde
nicht der Warnung Schreckgestalt?
Weisheit ruft aus Freundesmunde:
folge Deinem Freunde bald.

(ab, auf's Schiff.)

Dritter Auftritt.

Telemach. Kolofonio.

Telemach. Ihr Götter! was soll ich thun? Welchem Rufe soll ich folgen?

Ko

Kolofonio. Bst! bst! — Prinz! —

Telemach. Was willst Du?

Kolofonio. Ich will nichts. Ich bringe etwas.

Telemach. Mir?

Kolofonio. Euch. — Rathet einmal, was das ist, daß ich Euch bringe?

Telemach. (verdrißlich.) Wie kann ich das wissen? Ende dein Geschwätz!

Kolofonio. Nun gut! Hier ist ein Stückchen von einem Palmblatt; — Das seht Ihr;

Telemach. Das sehe ich.

Kolofonio. Und auf dieses Stückchen Palmblatt hat eine allerliebste, niedliche Hand ein paar Zeilchen an Euch gekritzelt.

Telemach. Eucharis?

Kolofonio. Errathen!

Telemach. (nimmt das Blatt und liest.) O liebes, gutes Mädchen! Telemach weiß ein Herz zu schätzen, wie das Deinige ist.

Kolofonio. Sehr edel gedacht! Aber der alte Eisenfresser Mentor steht uns allen im Wege. Mir so gut, wie Euch. Das strenge Verbot; die Lebensstrafe! — Prinz! ich dächte wir könnten den alten Freudenhasser entbehren. Meint Ihr nicht auch? — Ihr seyd ein Prinz, ein guter, ein edler Herr! der seinen Freunden einen kleinen Zeitvertreib nicht mißgönnt. Ich bitte Euch, hebt das fatale Verbot auf. Wir wollen uns verlieben, so gut es gehen will.

Telemach. (mit dem Briefe beschäftiget.) Edles Mädchen! — Vom Tode hat sie mich gerettet.

Kolofonio. Ja, wenn ich an die Jagd gedenke, so stehen mir die Haare zu Berge. Bedenkt's nur einmal, Prinz! Zwei Bären fielen über mich her. Die Verzweiflung
gab

gab mir aber Herkules Stärke. Ich habe sie wohl bezahlt nach Hause geschickt. Einer brummte ohne Ohren fort, und der andere mußte die Vordertatze auf dem Platze lassen. Sie werden Zeitlebens an mich gedenken!

Telemach. Wo sahst du meine Eucharis? wo ist sie?

Kolofonio. Wo sie gewiß nicht halb so gern ist, als wenn sie bey Euch wär. — Sie hat Hausarrest.

Telemach. Was sagst Du?

Kolofonio. Die Göttin Kalypso spaßt nicht. Sie liebt Euch, und will sich von einer Nimfe nicht den Rang ablaufen lassen. — Prinz! könnt Ihr sie nicht beide lieben?

Telemach. Mein Herz schlägt nur für Eucharis.

Kolofonio. Wißt Ihr was? schlagt mich der Göttin Kalypso vor.

Telemach. Eucharis! liebes, gutes Geschöpf.

Kolofonio. Sie könnte mir selbst gefallen.

Vierter Auftritt.

Vorige. Mentor. Leukas. Lisias. Amthenor. Zäthos. Mehrere Griechen
(kommen vom Schiffe und bleiben im Hintergrunde der Bühne stehen.)

Mentor. (belauscht ihr Gespräch.)

Kolofonio. Aber ihre Gebieterin Kalypso, gefiel mir doch besser, wenn ich die Wahl hätte. Und meine Maia ist auch nicht zu verachten. Prinz! sie ist ein kerngutes Mädchen, meine Maia, und hat ein sehr gefühlvolles Herz. — Daß wir aber nicht

eines

eines in das andere reden: — Was wollt Ihr der zärtlichen Eucharis antworten?

Mentor (tritt vor.) Daß Du der' erste seyst, den der Strick zu Theil wird. — Ergreift, und hängt ihn an den Mastbaum.

Griechen (ergreifen ihn.)

Kolofonio. Ich bin verloren! Um aller Götter willen! Prinz, laßt mich nicht aufhängen.

Telemach. Laßt ihn!

Mentor. Führt ihn fort.

Telemach. Untersteht es euch nicht!

Mentor. Dein Gesetz —

Telemach. Ich hebe es auf. Es gilt nicht mehr.

Mentor. Prinz!

Kolofonio. (macht sich los.) Prinz! Ihr seyd der klügste Fürst in Griechenland! Ihr
seyd

seyd zehnmal weiser, als Euer Vater, so
klug und weise er auch seyn mag.

Mentor. Ich bin außer mir!

Kolofonio. Ich nicht!

Telemach. Ist Liebe Verbrechen, so
verdamme die edelsten Helden Griechenlands,
so war der kühne Peleide, so waren Agamem-
non und Patroklos Verbrecher. Ich will
nicht vortreflicher scheinen, als diese große
Achaier wirklich waren.

Kolofonio. Der Prinz hat einen über-
menschlichen Verstand!
(schleicht sich fort.)

Telemach. Sanft ruht im weichen Arm der
Liebe
nach großen Thaten jeder Held.
Ein großes Herzschätzt edle Liebe,
sie ist die Freundin dieser Welt.
Sie leitet uns mit sanfter Hand,
sie füllt mit Freude unsre Brust.
Ja, wer den Trost der Liebe fand,
der fand auf Erden Götterlust.
(ab.)

Fünf-

Fünfter Auftritt.

Mentor. Die Griechen.

Mentor. Freunde! tapfere Waffengesellen! war das Telemach, der so sprach? — Ihr blickt betäubt und verlegen zur Erde? — Auf! und erweckt seinen entschlummerten Heldengeist durch einen Kriegsgesang; entreißt ihn den Netzen der Schande und des Verderbens.

Chor.

Erwach vom Schlaf der Schande,
wach auf Ulyßes Sohn!
Fort nach dem Vaterlande!
Trompeten schmettern schon.
Sie rufen Vaterkummer
in Dein betäubtes Ohr.
Auf! steig aus Deinem Schlummer
zur Ehrenbahn empor.

(Alle ab, dorthin, wohin Telemach gieng.)

Sechster Auftritt.

Vorhof. — An der Seite, ein praktikables Seitengebäude, ohne Thür, mit einem nicht höher als mannshohen Fenster von der Erde hinauf.

Telemach. (hernach) Kolofonio.

O dieser Gesang! — Das Geschrei meiner Gefährten! — Fürchterlich schallt es in meine Ohren. Wohin verberge ich mich?

Die Griechen (von innen.) Telemach! Telemach!

Kolofonio. (kömmt.) Prinz! hört Ihr, wie sie schreien?

Telemach. Ich höre sie. Ich höre das Geklirr' ihrer Waffen, ich höre den Waffensang und das Wehklagen meines getreuen Mentors.

Kolofonio. Ach! der Alte ist von Bedenklichkeiten zusammen gesetzt!

Telemach. (innig.) Er ist mein Lehrer, mein Freund, mein zweiter Vater. Ich folge seinem Rufe! (will fort.)

Kolofonio. (hält ihn zurück.) Prinz! übereilt Euch nicht.

Siebenter Auftritt.

Vorige. Eucharis.

Eucharis. (am Fenster.) Telemach! — mein Telemach!

Telemach. Wer ruft?

Kolofonio. Seht einmal da hinauf!

Telemach. Eucharis! Du?

Eucharis. Verschlossen, und verlassen! — Rette mich, wenn Du mich liebst.
(geht von dem Fenster hinweg.)

Telemach. Was ist zu thun?

Kolofonio. Hinauf, hineinzusteigen.

Telemach. Aber — wie?

Kolofonio. (stellt sich auf alle viere.) Frisch über mich hinweg, und in den Hafen.

Telemach. Eucharis! ich komme zu Dir!
(steigt auf Kolofonio, und durch das Fenster hinein.)

Ach!

Achter Auftritt.

Kolofonio.

(schüttelt sich ab.) Nun kann ich doch sagen, daß ich eine königliche Last getragen habe! Ich muß es gestehen, es war so gut eine Last, als andere Lasten in der Welt. — — Jetzt ist er bei ihr, und ich will zusehen, ob ich meine empfindsame Maia zu sprechen bekommen kann. Wenn sie nur nicht etwa auch eingesperrt ist!

Neunter Auftritt.

Kolofonio. Lisias. Leukas. Zäthos. Anthenor. Andere Griechen.

Leukas. Hier ist er! Wohinaus da?

Kolofonio. Was wollt ihr denn von mir?

Leukas. Das wirst Du schon erfahren! Haltet ihn fest, daß er uns nicht entrinnt.

Kolofonio. Was ist denn das?

Griechen. Komm nur mit uns!

Kolofonio. Geschieht mir was?

Griechen. Komm nur mit uns!

Kolofonio. Was soll ich dort?

Griechen. Nur fort! nur fort!

Kolofonio. Ach! laßt mich hier.

Griechen. Sey still! sey still! sonst stirbst Du hier.

Kolofonio. Ach Telemach!

Griechen. Sey still! sey still!

Kolofonio. Ach Telemach! Ach Telemach!

Griechen. Gemach, gemach!

Zehnter Auftritt.

Vorige. Alle Nimfen. (mit Pfeil und Bogen bewaffnet; ohne Maia.)

Nimfen. Was giebt es hier? Welch ein Geschrei?

Kolofonio. Ach helfet mir!
und steht mir bei.

Nimfen. So haltet ein!
Wir bitten euch.

Griechen. Das kannn nicht seyn!
Er stirbt sogleich.

Kolofonio. Ach! das ist zum Erbarmen!
Helft! habt Barmherzigkeit!

Nimfen (spannen die Bogen und legen die Pfeile gegen die Griechen an.

Wollt ihr euch nicht erbarmen?

Griechen. Wenn ihr es ernstlich meint!

Nimfen. Laßt ihn gehn, wir bitten euch!

Griechen. Ja doch, ja! wir gehen gleich.

Nimfen. Nun ihr Freunde! lebet wohl.

Griechen Schöne Damen, lebet wohl!

Alle. Lebet wohl! lebet wohl.

(Die Griechen gehen ab.)
(Leukothea geht auf der andern Seite, dahin ab, woher sie kam.)

Eilfter Auftritt.

Kolofonio. Esyra. Polaris. Kli=
zia. Nimfen.

Kolofonio. Nein, nein! ich kann mich nicht halten! ich muß eine nach der andern, umarmen. (umarmt sie.) O! ihr allerliebsten Götterkinder! euch danke ich mein Leben, und meine Rettung! Ohne euch und euern Beistand war ich verloren.

Polaris. Verloren? warum denn verloren?

Klizia. Was hast Du gethan?

Kolofonio. Gar nichts. Ich soll nicht schön finden, was doch schön ist. Mit Einem Worte, meine Liebe zu euch, ist mein Verbrechen, das mir den Kopf kosten sollte.

Polaris. Das ist ja entsetzlich!

Kolofonio. Nicht wahr? Ich sage es auch. Unser alter Mentor ist euer Tod=
feind

feind und der meinige dazu; ein Mann, der die Liebe für das Strafbarste in der Welt hält.

Polaris. Der Unmensch!

Klizia. Der Barbar!

Kolofonio. Selbst gegen meinen lieben Prinz Telemach ist der alte Unhold aufgebracht.

Polaris. Wo ist der Prinz?

Kolofonio. Denkt ihr etwa, ich soll mich selbst verrathen? ich soll euch sagen daß ich den Prinz dahinauf zur schönen Eucharis, transportirt habe?

Polaris. Wie? der Prinz bei Eucharis?

Kolofonio. Darauf, kann ein verschwiegener Mensch, wie ich einer bin, gar nicht antworten.

Polaris. (winkt den Nimfen bedeutend zu.) Natürlich!

Nimfen. (lachen.) Hahaha!

Kolofonio. Nicht wahr! ich bin euch viel zu pfiffig?

Nimfen. (lachend.) Freilich! freilich!

Kolofonio. Ja! so bin ich von Jugend auf gewesen.

Nimfen (lachend.) O du verschlagener Mensch!

Kolofonio. Kinder! was die Verschlagenheit betrift, so suche ich darinnen Meinesgleichen.

Klizia. Und findest es auch.

Alle. (lachen.)

Polaris. Nun, auf Wiedersehen, Du Muster der Verschwiegenheit!
(ab.)

Klizia. Du Krone der Verschlagenheit!
(ab.)

Efyra. Du Ausbund der Listigkeit! Uns hast Du rechtschaffen abgeführt.

(ab.)

Zwölfter Auftritt.

Kolofonio.

Das will ich meinen! — Die ärgern sich schön, daß sie nichts erfahren haben! (lacht seelenvergnügt.) Ja! kommt ihr nur zu mir, da kommt ihr an den rechten Mann! (lachend.) Die werden an mich denken, so lange ihnen die Augen offen stehen! Ihr seyd schön angekommen!

Dreizehnter Auftritt.

Kolofonio. Leukothea.

Leukothea. Du bist Telemachs Freund?

Kolofonio. Ja, meine Schöne! das bin ich.

Leukothea. Folge mir.

Kolofonio. Wohin?

Leukothea. Zu unserer Fürstin. — Sie erwartet Dich mit Sehnsucht?

Kolofonio. Mit Sehnsucht? O Zevs und Latona! was willst Du damit sagen? — Mit Sehnsucht? Schöne Nimfe! Weißt Du denn was das Wort Sehnsucht eigentlich ausdrückt?

Leukothea. O ja!

Kolofonio. Aber fühlst Du 'es auch?

Leukothea. Nein.

Kolofonio. Freundin! das ist schlimm! Sehr schlimm! — Hast Du denn nicht wenigstens schon einmal geliebt?

Leukothea. Nein.

Kolofonio. So beklage ich Dich!

Leukothea. Es ist nicht nöthig. Ich bin glücklich.

Kolofonio. Wirst Du auch nie lieben?
Leu

Leukothea. Niemals. Weil ich nie Lust haben werde, Thorheiten zu begehen.

Kolofonio. Was sagst Du? Ist die Liebe eine Thorheit?

Leukothea. Die größte auf Erden.

Kolofonio. Freundin! wo denkst Du hin? Die Liebe eine Thorheit? Nein! das ist Dein Ernst nicht.

Leukothea. Glücklich wer den Eindrücken der Liebe zu entgehen weiß! Ihr Gewinn ist Unmuth, ihre Freuden sind Thorheiten.

Kolofonio (will ihre Hand ergreifen.) Soll ich Dir —

Leukothea (schlägt ihn auf die Hand.) Was wagst Du?

Kolofonio. (Mit großen Augen.) Bist Du denn wirklich ein Mädchen?

Leukothea. Ich bin eine Philosophin.

Kolofonio. Aha! (den Schlag auf seine Hand bezeichnend.) Darum demonstrirst Du so fühlbar.

Leukothea. Meinst Du?

Kolofonio. Deine Schlüsse sind unumstößlich! — Eigentlich aber, muß ich Dir sagen, daß Deine Philosophie gegen alle Natur-Prinzipia streitet. Sieh um Dich, und was erblickst Du? Ueberall nur Liebe! Liebe und Gegenliebe!

Leukothea. Ueberall füllt mein Herz süßes Entzücken bei dem sanften Wirken und Walten der allmächtigen Natur. Mit Ehrfurcht bewundere ich ihre Werke, und weihe in entzückende Betrachtungen verloren, ihr meine Gefühle und meinen Dank.

Duett.

Leukothea. Jede Pflanze dieser Erde, blicke
    ich mit Ehrfurcht an.

Kolofonio. Jedes Liebchen dieser Erde,
    blick' ich voll Verlangen an.

Leukothea. Jedes Würmchen, jede Mücke
führt mich auf des Urquells Spur.

Kolofonio. Blonde, Braune, Schlanke, Dicke,
schuf zur Liebe die Natur.

Leukothea. ⎰ Alle Männer werb' ich meiden,
  ⎱ die nicht Philosophen sind.
Kolofonio. ⎰ Und ich seh mit tausend Freuden
  ⎱ mich an schönen Augen blind.

Leukothea. Wallte Liebe nicht hienieden,
o wie schön wär diese Welt!

Kolofonio. Küssen will ich froh hienieden,
was mich küßt, und mir gefällt.

Leukothea. ⎰ Ohne Liebe ist ein Wesen
  ⎱ in der Welt nur fehlerfrei.
Kolofonio. ⎰ Weiber sind nur halbe Wesen,
  ⎱ sind die Männer nicht dabei.

(beide ab.)

Drei-

Dreizehnter Auftritt.

Muschelgrotte.

Kalypſo (ſitzt nachdenkend auf ihrem Throne. Zwei Papageien hängen auf ihren Ringen, im Vorgrunde) **Genien.**

(Eine angenehme Muſik.)

(Die Genien bringen und ſtreuen Blumen vor Kalypſo nieder, und gehen dann mit der aufhörenden Muſik, ab.)

Kalypſo (ſteht auf.) O ihr duftenden Blumen! euer angenehmer Geruch kann dieſes unruhig klopfende Herz nicht beruhigen. — Ach Telemach! — Wehe mir, daß ich unſterblich bin! (traurig umher gehend.) Für mich, giebt es keine Freuden mehr!

Recitativ.

O käm doch Telemach, mich noch einmal zu
        ſehn, zurück!
Es rührte ihn vielleicht mein kummervoller
        Blick.
Ach! fremde Liebe thront in ſeinem Herzen.
Ihn rühren nicht Kalypſo's Schmerzen.
Wie? bin ich Göttin? zur Unſterblichkeit ge-
        boren?
Des Atlas Tochter?

Der

Der Stolze soll gebeugt, sich um mein Herz
bewerben;
mein muß er werden — oder sterben!

Arie.

Ach! Liebe läßt sich nicht erzwingen,
sie ist geheime Sympathie.
Nur Liebe kann um Liebe ringen
durch edle Seelen-Harmonie.
Wie kann ich noch zu hoffen wagen,
verschmäht er dieses Herz so rein?
Sein Herz muß mir entgegen schlagen,
sonst kann ich nimmer glücklich seyn.

(will gehen.)

Vierzehnter Auftritt.

Kalypso. Leukothea. (hernach) Kolofonio.

Leukothea. Auf Deinen Befehl, erhabene Gebieterin! habe ich Telemachs Freund hieher geführt.

Kolofonio. Laß ihn eintreten.

Leukothea. (winkt ihm.) Näher! —

Ko-

Kolofonio. (tritt ein.)

Leukothea. Hier ist die Fürstin.
(ab.)

Funfzehnter Auftritt.

Kalypso. Kolofonio.

Kalypso. Nur näher! — Warum zitterst Du?

Kolofonio. Wenn ich wirklich zittere, so zittere ich aus Ehrfurcht. — Ich bin sehr bescheiden, und weiß, wo ich mich befinde. Erlaube mir, erhabene Göttin! Dir meine tiefste Ehrfurcht zu beweisen, (wirft sich nieder.) und den Saum Deines Kleides zu küssen.

Kalypso. Steh auf! (reicht ihm die Hand.) Ich bin Deine gnädige Fürstin.

Kolofonio (küßt ihr die Hand.) Euer Sklav bis in den Tod! (bei Seite.) Ach Du armes, empfindsames Herz! wie wird Dir?

Kalypso. Was sagst Du?

Kolofonio. Eine kleine Anrede an mein Herz.

Kalypso. Was will es?

Kolofonio. Ach! mein Herz ist ein wunderliches Ding! das will immer gar vielerlei. Manchmal, weiß es, glaube ich, selbst nicht, was es eigentlich haben will.

Kalypso (seufzt.) Ach!

Kolofonio. (seufzt.) Ach! die Herzen sind wunderbare Geschöpfe. Sie verlangen alles, was sie sehen. Es sind wahre Kinder!

Kalypso. Dein Herz hat Dich zu meiner Freundin Maia geführt, wie ich höre?

Kolofonio. Ja, das hat es gethan.

Kalypso. Hat es Dich irre geführt?

Kolofonio. Ich glaube nicht. — Es steht aber immer wieder auf dem Sprunge, mich bald dahin, bald dorthin zu führen.

Kalypso. So ist Dein Herz ein sehr flatterhaftes Wesen.

Kolofonio. Je nun! es ist so ein Herz vom gewöhnlichen Schlage.

Kalypso. Wie das Herz Deines Prinzen. Eucharis ist die Glückliche, die es besitzen soll?

Kolofonio. Es scheint so. Aber — ich kenne ihn besser. Es wird vorüber gehen, und er wird wieder zu sich selbst kommen.

Kalypso. Meinst Du? — Sag mir, womit ist Dein Prinz wohl am sichersten zu gewinnen?

Kolofonio. Mit Großmuth. — Großmuth vergilt er immer mit Liebe.

Kalypso. Leukothea!

Sechzehnter Auftritt.

Vorige. Leukothea.

Leukothea. Gebieterin?

Kalypso. Eucharis ist frei. — Sie werde sogleich ihrer Haft entlassen.

Leukothea. Wie Du befiehlst.
(ab.)

Kalypso. Sag Deinem Prinzen, daß ich hoffte, er würde nicht ohne Abschied von mir scheiden. Sag ihm, daß ich entschlossen sey, Reich und Glück mit ihm zu theilen, wenn er sich länger bei mir verweilen wollte. Und sag ihm — was er schon weiß! daß — (mit abgewendetem Gesicht.) daß ich ihn liebe!

Kolofonio. (bei Seite) Sie dauert mich!

Kalypso. Ach! er ist so grausam! und ich bin unglücklich!

Kolofonio (bei Seite.) Ach! wenn ich doch Telemach wär!

Siebzehnter Auftritt.

Vorige. Polaris

Polaris. Gebieterin!

Kalypso. Was hast Du mir zu sagen?

Po=

Polaris. Prinz Telemach und Eucharis — sind —

Kalypso. Wo sind sie?

Polaris. Sie sind entflohen.

Kalypso. Entflohen?

Kolofonio. Entflohen?

Kalypso. Auf! auf! ihnen nach. — Sie sollen uns nicht entkommen.

Achtzehnter Auftritt.

Vorige. Alle Nimfen. (ohne Maia und Eucharis.)

Kalypso. Ihr Nimfen! hoch schwinget die Fackel der Rache!

Nimfen. Wir schwingen, wir schwingen die Fackel der Rache!

Kalypso. Eilt nach dem Verräther und seiner Geliebten.

Nimfen. Auf! nach dem Verräther und seiner Geliebten!

Kalypso. Auf! führt die Verräther mir beide hieher.

Nimfen. Wir führen sie beide zur Strafe hieher.

Kalypso. Den Frevel zu büßen, ereilet sie schnell.

Nimfen. Wir eilen, wir eilen, behende und schnell.

Kalypso. Dies nur sey die Losung: Blut, Rache und Tod!

Nimfen. Dies nur sey die Losung: Blut, Rache und Tod!

(alle ab.)

Neunzehnter Auftritt.

Kolofonio. (hernach) **Mala.**

Kolofonio. Das wird einen schönen Lärm geben! und Jungfer Eucharis wird übel ankommen!

Mala.

Maia. (kömmt eilig.) Freund! rette Dich! Du bist verloren.

Kolofonio. (ängstlich.) Ich?

Maia. Deine Gefährten dringen in den Pallast und verlangen Deinen Kopf. — Entflieh, und rette Dich!

(eilig ab.)

Zwanzigster Auftritt.

Kolofonio.

Ach! was fange ich an? — Kolofonio! nimm alle Deine Sinne zusammen, und — (sieht sich um.) Ha! glücklicher Einfall! Dich gab mir Hermes, der listige Argusbezwinger ein! Hurtig! hurtig! (ergreift einen Purpurmantel der auf dem Throne liegt, und wirft ihn über die Schultern.) Du sollst mich decken und schützen. (nimmt Krone und Szepter von einem Purpurküssen neben dem Throne.) Ich will mich selbst krönen! (setzt die Krone auf.) Das hat nichts zu sagen. In der Angst kömmt man in der Welt wohl auch zu einer

Krone, ob mit Recht oder Unrecht, wer fragt danach? (nimmt den Thron ein.) Ich sitze. — Nun werft mich herab, wenn ihr könnt.

Ein und zwanzigster Auftritt.

Kolofonio. Leukas. Lisias. Anthenor. Zäthos. Griechen.

Leukas. Wo ist der Verräther;

Alle. Greift ihn.

Kolofonio. Ihr Frevler! wen sucht ihr hier? — Sucht ihr mich, so habt ihr einen König gefunden. Kalypso die hehre Göttin, wählte mich zu ihrem Gemal. Ich bin König und Regent von Ogygia. Verlaßt meinen Pallast, oder ihr seyd des Todes. — Fort von hier! — Heda Wache! werft diese Tollkühnen sogleich in's Meer, wo es am tiefsten ist.

(Die Griechen schleichen ab.)

Zwei-

Zwei und zwanzigster Auftritt.

Kolofonio.

Hahaha! — Sie glauben's! Sie glauben's! hahaha! was der Glaube nicht thut! (steigt vom Throne.) Ich muß sehr ehrwürdig, sehr respektabel und furchtbar aussehen. Wer sagt mir, wie ich mich ausnehme?

Ein Papagei. Sehr schlecht!

Kolofonio. Was?

Der andere Papagei. Sehr schlecht.

Kolofonio. Aha! seyd ihr hier, die Richter des guten Geschmacks! —. Sehr verbunden! — Ihr habt Brüder. — — — Indessen, — Kinder und Papageien — (legt Krone, Szepter und Mantel auf den Thron.) sprechen wohl zuweilen auch die Wahrheit. — Mein Leben verdank' ich einer Verkleidung, und die Wahrheit (mit einem Kompliment gegen die Papageien.) euch. Ihr habt noch das goldene Privilegium, das schon hie und da verloren gegangen ist. Haltet darauf, denn die Privilegia

gia kommen immer mehr und mehr ab. — Wahrhaftig! wär ich nicht ein Mensch, ich wünschte mir Federn, wie ihr welche habt. So bunt wie möglich. Je bunter, je lieber. Das gefällt. Es leben die Papageien.

Wer leiht mir ein buntes Gefieder?
Das liebt ja die fröhlige Welt.
Ich fliege dann schnell hin und wieder,
und bleibe da, wo mir's gefällt.
Da will ich recht scherzen und necken,
und kosen und tändeln gar fein.
Ich werde die Geisel der Gecken,
Der Liebling der Zärtlichen seyn.
Das war ja gar herrlich und fein
ein Pappchen, ein Pappchen zu seyn!

Ich wiegte bedächtlich im Ringe
mich schaukelnd, bald hin und bald her,
als wenn ich den Ursprung der Dinge
enthüllend, im Wirbelkreis wär.
Dann führt' ich vortreffliche Reden
und herrliche Sprüche im Mund,
das machten entzückte Poeten
der Nachwelt in Reimen dann kund.
Wie wär das so herrlich und fein
ein Pappchen, ein Pappchen zu seyn!

Ich flög um die Weiber und neckte
sie zärtlich und lieblich und fein,

und wenn ich mich fliehend versteckte,
so liefen sie hinter mir drein.
Sie wünschten mich alle zu haschen,
ich flatterte eilig davon,
sie reichten mir etwas zu naschen,
da käm ich und naschte davon.
Das wär ja gar herrlich und fein
ein Pappchen, ein Pappchen zu seyn.

(ab.)

Drei und zwanzigster Auftritt.

Kurzer Wald.

Telemach. Eucharis.

Duett.

Telemach. Mir ist's so wohl an Deiner Seite,
so wohl war's meinem Herzen nie.

Eucharis. Mein Herz erfüllt von Furcht und Freude,
klopft ängstlich. Ach! so schlug es nie.

Telemach. O dieses Herzens sanftes Beben!
es ist der Liebe schönstes Pfand.

Eucharis. Ach! dieses Drängen, dieses Streben,
bei jedem Druck von Deiner Hand!

Telemach. Ich weiche nie von Deiner Seite,
bei Dir nur kann ich glücklich seyn.

Eucharis. Ich schwebe zwischen Furcht und Freude.
Ja, ja! wir werden glücklich seyn.

Telemach. } Die Liebe deckt und schützt uns beide.
Wir werden ewig glücklich seyn.

Eucharis. } Wie rein ist wahrer Liebe Freude!
Wir werden ewig glücklich seyn.

(wollen gehen.)

Vier und zwanzigster Auftritt.

Vorige. Maia. (mit einer brennenden Fackel, hernach)
Arkesios Schatten.

Maia. Ja sie sind es! — Prinz! Schwester! wo wollt ihr hin? Folgt mir, ich will euch einen unbesetzten Weg zeigen.

Eucharis. Freundin! bliebst Du allein mir übrig?

Maia. Ach Eucharis!. die Freundschaft führte mich hieher, Dich zu retten. Euch beiden hat Kalypso den Tod geschworen. Ich will euch in eine Höle verbergen.

Telemach. Laß uns zu den Schiffen eilen!

Maia. Deine Schiffe stehen im Brand, angezündet von den Fackeln der erzürnten Göttin.

Telemach. Ihr Götter! rettet uns.

Maia. Folgt mir in jene Grotte.

Eucharis. Ich will zurück. Ich allein will das Opfer seyn, das die erzürnte Göttin verlangt.

Telemach. Nein! ich lasse Dich nicht von mir. Du bist mein! Mein auf ewig! Unzertrennlich sind wir verbunden, und ich werde Dich nimmer verlassen. Das schwöre ich

Dir

Dir bei der geheiligten Asche meines Ahnherrn, bei dem Schatten, des erhabenen Arkesios!
(Die Bühne wird plötzlich finster. Es donnert und blitzt.)

Quartett.

Arkesios Schatten (erscheint.) Telemach!

Telemach. (erschrocken.) Was war das?

Maia. Eucharis. Was war das?

Schatten. Telemach!

Telemach! Noch einmal!

Maia. Eucharis. Noch einmal?

Schatten. Telemach! Erwach aus Deinem Schlummer.
Die Liebe bringt Dir Tod.
(geht vorüber.)

Maia. Eucharis. Erwach aus Deinem Schlummer?
Die Liebe bringt Dir Tod?

Telemach. Die Liebe bringt mir Tod?

Maia. Eucharis. Ihr Götter! wehe mir!

Telemach. Wer spricht so drohend hier?
Ich kenne keine Schrecken.
Ein Dämon will uns necken.
Geliebte! folge mir.

Maia. O Prinz! was willst Du wagen?
Laß Dir die Wahrheit sagen:
Dies war Arkesios Schatten.

Telemach. Wie? Arkesios Schatten?

Maia. Es war Arkesios Schatten?
Wir haben ihn gesehn,
bei uns vorüber gehn,
als einst Ulyss Kalypso schwur:
er liebe ganz allein sie nur.

Telemach. O sag, wie sah der Schatten aus?

Maia. Noch füllt es mich mit Angst und Graus. —
Grau war er im Gesichte
auf seinem Haupte eine Krone,
mit Majestät und ernstem Drohen,
befahl er einst Ulyss zu fliehen.
Bestürzt ließ ihn Kalypso ziehen.

Telemach. Mein Vater gieng aus diesem Land?

Maia. Ulysses gieng aus diesem Land.

Eucharis. Wohin, wohin entfliehen!
Die Schiffe sind ja schon verbrannt.

Telemach. Wie aber kann ich fliehen?
Die Schiffe sind ja schon verbrannt.

Maia. Ihr werdet sicher fliehen,
euch leitet Amors Hand.

Alle drei. Wo Herzen voll von Liebe schlagen,
Da wird die Unschuld froh vereint;
Wie darf die Liebe ängstlich zagen?
Der Himmel selber ist ihr Freund.

(alle ab.)

Fünf und zwanzigster Auftritt.

Kolofonio. Klizia. Polaris.

Kolofonio. Nun weiß ich aber doch noch immer nicht recht, woran ich eigentlich bin; und wenn mich meine Gefährten hier, ohne Krone antreffen, so bin ich verloren.

(Klizia, Polaris kommen mit brennenden Fackeln.)

Beide. Haben wir Dich endlich?

Ko

Kolofonio. O! mich habt ihr schon längst gehabt. Sagte Euch Euer Herz nichts davon?

Polaris. Wo ist Telemach?

Klizia. Wo ist Eucharis?

Kolofonio. Wie kann ich das wissen?

Polaris. Wolltest Du nicht mit ihnen entfliehen?

Kolofonio. Ich? — Wohin denn? habt ihr nicht schon die Schiffe in Brand gesteckt?

Polaris. Das haben wir gethan.

Kolofonio. Flügel haben wir nicht, Fische sind wir nicht, also laßt mich in Ruh.

Sechs und zwanzigster Auftritt.

Vorige. Kalypso.

Kalypso. Wer ist hier?

Kolofonio. Euer Sklav Kolofonio.

Kalypso. Ha! bist Du es? — Ich erkenne Deine Ergebenheit gegen mich, ehrlicher Mann! und ich werde sie belohnen.

Kolofonio. O! Ihr seyd allzugnädig!

Kalypso. Gold und Liebe sollen Dich beglücken, und Du sollst hochgeehrt, an meinem Hofe leben.

Kolofonio. O! Ihr macht mich unaussprechlich glücklich!

Kalypso. Sahst Du den Prinz?

Kolofonio. Meine Dankbarkeit kann mich nicht zum Verräther machen, sonst würde ich Euch sagen: er steckt in jener Grotte. Aber, bei den Göttern! das sage ich nicht.

Kalypso. Auf, folgt mir!
(mit den Nimfen ab.)

Sieben und zwanzigster Auftritt.

Kolofonio.

Gold und Liebe? Liebe und Gold? Ein hochgeehrtes Hofleben? — Was kann ich mehr verlangen? — Ich bleibe hier. — Die Göttin Kalypso schäzt mich; ich kann ihr Favorit mit der Zeit werden; und was will ich mehr haben? — Aber, die Papageien? — Ha! als wenn noch keinem Geschöpfe in der Welt der Hals umgedreht worden wär, wenn es allzuviel Wahrheiten sprach. — Es bleibt dabei! Mentor und seine Gefährten gehen, wohin sie wollen, und erwerben sich Ehre. Ich, bleibe hier, und bin ausser Nahrungsforgen.

(ab.)

Acht und zwanzigster Auftritt.

Wald; im Hintergrunde Meer, auf welchem brennende Schiffstrümmern hin und her schwimmen.

Finale.

Kalypso. **Nimfen** (schwärmen mit brennenden Fackeln umher.)
Schon lodert das Feuer an Segeln und Masten,
schon schlagen die Flammen zum Himmel empor.
Zur Rache! zur Rache! auf! laßt uns nicht rasten!
auf! sucht die Verräther, und zieht sie hervor.
Finden wir sie in der Grotte, decke beide sie das Grab,
senden wir die Ungetreuen in den Tartarus hinab.
(Die Nimfen gehen in die Grotte und ziehen sie heraus.)

Neun und zwanzigster Auftritt.

Vorige. Eucharis. Telemach.
(von den Nimfen herbeigeführt.)

Kalypso. Schließet einen Kreis um sie!
Höret, richtet sein Verbrechen.
Schon der Vater wagt' zu brechen

sei

seinen Schwur. In diesem Hain,
hier einst, gab er das Versprechen:
mir auf ewig treu zu seyn.

Telemach. Götter lösten dieses Band.
Gattin ruft' und Vaterland.

Kalypso. Schweig! — So war Dein Vater
schon.
Sprecht nun: Was verdient der Sohn?

Nimfen. Tod sey des Verbrechers Lohn.

Telemach. Ruhig schweigt der Mann und
Dulder.
Diese hier hat nichts verschuldet.

Eucharis. Er allein ist ohne Schuld.

Kalypso. Schweig! Ich kenne Eure Schuld.

Nimfen. Ha! es ist verdienter Tod,
der euch die Vernichtung droht.

Kalypso. Laßt die blanken Dolche blitzen,
(zieht den Dolch.)
und durchbohret Brust an Brust!

Nimfen. (ziehen die Dolche.) Seht die blanken
Dolche blitzen,
sie durchbohren Brust an Brust!

Telemach. Haltet ein! — Zu euch ihr Schatten,
wend' ich mich; erscheint sogleich!
Höre mich, Arkesio's Schatten!
Komm! verlaß das Todtenreich.

Nimfen. Ha! mit ihm sollt Ihr Euch gatten.
Fort, hinab, in's Schattenreich!
(schwingen die Dolche.)
(Donner, Blitz und Posaunen.)
(Die Nimfen und Kalypso, beben erschrocken zurück. — Eucharis schmiegt sich an Telemach an.)

Dreißigster Auftritt.

Vorige. Arkesios Schatten. (in königlicher Gestalt.)

Schatten. Hütet euch vor Uebelthaten!
Blut der Unschuld fließe nicht.
Hört! ich hab' euch wohl gerathen.
Hört, was meine Stimme spricht.
Schnell und eilig weicht davon.
Dies ist meines Enkelns Sohn.
(streckt das Sjepter über Telemachs Haupt.)

Kalypso und Nimfen (auf beide Seiten zurückbebend.)
Welches Zittern! welches Beben!
In den Adern stockt das Blut!
Ach!

Ach! ihm ist, ihm ist vergeben,
und dahin ist Rach' und Wuth.
Zürnet nicht ihr großen Götter!
Ihr beschützt Ulyssens Sohn.
(eilen ab.)

Telemach. (vor Arkesios Schatten knieend.)
Du Vater meiner Väter!
O! sag', wie dank' ich Dir?
Ich bin kein Missethäter.
Die Unschuld (auf Eucharis zeigend.) steht bei mir.
Mich wird die Liebe vor den Blitzen
selbst der erzürnten Gottheit schützen.
Ach ja! ich fühl's in jedem Pulsschlag der sich regt,
daß sanfte Lieb' in diesem Herzen schlägt.
(Arkesio's Schatten senkt das Szepter gegen ihn und verschwindet.)
(Telemach umarmt Eucharis, küßt, und führt sie ab.)

Ein und dreißigster Auftritt.

Telemach. Mentor.

Mentor. (kömmt, erblickt den Prinzen, und zieht ihn sanft zurück.)
Siehst Du dort die Schiffe brennen?
Ach! wie bist Du zu verkennen.
O! mein königlicher Freund!

Telemach. Mentor! keinen Vorwurf mehr.
Ach! schon leid' ich allzusehr!

Alles kannst Du von mir hoff'n.
Dieses Herz steht Freund! Dir offen.
Mentor! hier ist meine Hand.
Leite mich in's Vaterland.

Duett.

Mentor. Wirst Du jetzt die Liebe fliehen?

Telemach. Laß uns nur von hinnen ziehen.

Mentor. Wirst Du wieder folgsam seyn?

Telemach. Telemach ist wieder Dein.

Beide. Neue Freude! neues Leben!
Wieder bist Du mir gegeben.
Du wirst Dich)
Ich will mich) der Ehre weih'n,
Vater (Deines) Landes seyn.
      (meines)

(gehen ab und kommen zurück.)

Mentor. Fühlst Du dieses tief im Herzen?

Telemach. Ja, ich fühl' es tief im Herzen.

Mentor. Komm!

Telemach. Komm!

Beide. Komm! nun bist Du wieder mein.
Ewig, ewig bin ich Dein.

(beide ab.)

Zwei und dreißigster Auftritt.

Eucharis.

Recitativ.

Wo ist er? Ach Telemach! — wo such' ich
Theurer! Dich?
Weh mir! Du fliehst von Deiner Lieben!
Ach! kannst Du grausam, mich so sehr betrüben?
Was hat Dir Eucharis gethan?
Sie liebt Dich zärtlich! — Liebe! nimm Dich
meiner an.

Arie.

Meines Herzens sanftes Streben
ist der Ruf der Zärtlichkeit:
Dieses Herzens Angst und Beben,
ist der Sehnsucht nur geweiht.
Schöne Göttin sanfter Freuden!
sieh herab auf meine Leiden,
laß mich froh und glücklich seyn,
ende meine Quaal und Pein.

(will gehen.)

Drei und dreißigster Auftritt.

Eucharis. Kalypso.

Eucharis. (kömmt zurück.)
Hier kömmt Kalypso! Wehe mir!
Ihr Götter! schützet mich vor ihr.

Kalypso. (kömmt.) Eucharis! kannst Du
verzeihen?
Bebe nicht vor mir zurück.
Unsre Freundschaft knüpft von neuen
sich an unsrer Freude Glück.
Glück und Liebe warten Dein.
Gern will ich verlassen seyn.

Eucharis. Ach! bei einer Freundin Leide
schmeckt kein Kuß der Liebe süß.
Künftig küssen wir ihn beide.
Liebe Freundin! willst Du dies?

Kalypso. Beide wollen wir ihn küssen.

Eucharis. Und der Liebe Glück genießen.

Kalypso. Beide! beide! willst Du dies?

Eucharis. Beide küß' er. Willst Du dies?

Beide. Freundschaft ruht im Arm der Freude.
Glücklich macht die Lieb' uns beide.
Komm!

Komm! in Deinen sanften Arm
quält mich weder Gram noch Harm.
(umschlungen ꝛc.)

Vier und dreißigster Auftritt.

Kolofonio.

Wohlan! getrost! jetzt geht's nach Hofe,
Dort leuchtet mancher schöne Stern.
Ich seh' im Auge mancher Zofe
und mancher Dam' ihn herzlich gern. —
Mir wird so ängstlich! Ha! ich wette
das ist die Angst der Etikette.
Nur näher jenem schönen Hafen,
wo alle meine Wünsche schlafen;
ich wecke sie voll Ehrfurcht auf.
Die Leiter steht. Ich muß hinauf.
(will gehen.)
Aha! (geht zurück.) Dort kömmt mein Liebchen
her.
Sie kann allein nicht Herzensdame bleiben.
Ihr werd' ich gleich den falschen Wahn
vertreiben!

Fünf

Fünfunddreißigster Auftritt.

Kolofonio. Maia.

Maia. Ha! Du mein Lieber! — So allein?
Du suchtest mich gewiß im Hain?

Kolofonio. Gedankenvoll im stillen Hain,
stehst Du mich einsam und allein.
Ich meditirte mancherlei,
und überdachte vielerlei;
Denn bald werd' ich vielleicht
in einer Göttin Sfäre promovirt.

Maia. Ach lieber Freund! fast muß ich lachen.

Kolofonio. Ja liebes Kind! es geht hinauf.
Kalypso winkt von ihrem Throne,
und ich beginne meinen Lauf.

Maia. Viel Glück in Deiner neuen Zone!

Kolofonio. Ich bleibe Dir doch stets ge‑
  wogen,
wenn ich auch schon am Throne steh.
Da wärst wohl leicht hinaufgezogen.
Doch bleib auf Deinem Kanapee.
             (will fort.)

Maia. (hält ihn zurück.) Mein Freund! es spukt
       Dir im Gehirne.

Kolofonio. Respekt! daß ich mich nicht
erzürne.
Mein liebes Kind! ich bitte Dich —
Ich merke, Du beneidest mich.

Maia. Ach, nein!

Kolofonio. Ach, ja!

Maia. Ach nein! ach nein! ach nein!

Kolofonio. Ja, ja!

(beide ab.)

Sechs und dreißigster Auftritt.

Kabinet mit offener Hinterthür.

Kalypso (rechts) **Eucharis** (links auf Polstern schlafend liegend.) **Nimfen** (mit Lanzen bewaffnet, gehen vor der Thür auf und ab).

Klizia. Polaris. Wer da? wer da? wer da?
Wer wagt sich hier herein?

Sieben und dreißigster Auftritt.

Vorige. Kolofonio.

Kolofonio. Wozu das Fragen? Ihr kennt mich doch wohlschon?

Klizia. Polaris. Warum willst Du hinein? Es darf und kann nicht seyn!

Kolofonio. So hört! Die Fürstin will es so.

Klizia. Polaris. Nun gut! So geh' hinein.

Kolofonio. (kömmt hinein.) So so! nun bin ich da!

Es schläft die Königin.
Wie bin ich ihr so nah
der holden Schläferin!
Es ist doch sonderbar
daß ich verlegen bin!
Mir wird ganz wunderbar,
und all mein Muth ist hin.
Nur stille allgemach!
Der Muth kömmt nach und nach.

(hustet)

O Königin wach' auf!
Dein treuer Sklav ist da. —
Schlägt sie die Augen auf,
o Zevs! was sag' ich da?

Kalypso und Eucharis. (im Schlafe.)
Ja! ewig lieb' ich Dich!

Kolofonio. Da ist auch Eucharis! Schläft
die auch hier? Ei, ei!
Ach! wovon träumen sie? Ihr Götter steht mir bei!
Weck' ich sie leise auf? Werd' ich sie nicht er-
schrecken?
Je nun! ich wage es. Ich will sie beide wecken.
Wacht auf ihr Schönen! seht,
wer jetzo vor euch steht.
Ha! jetzt bekomm' ich Muth,
Und nun geht alles gut.

Kalypso und Eucharis. Wer ist so
kühn, uns zu erschrecken?

Kolofonio. (bei Seite.) O! wärst Du doch
nun anderswo,
geliebter Kolofonio!
Sie staunen mich mit Blicken an,
die ich nicht wohl ertragen kann.

Kalypso. Eucharis. Ich ahnde hier
Verrätherei.
Auf, auf, ihr Nimfen! kommt herbei.
(Kalypso stößt in ein Horn.)

Nimfen. (treten ein.) Kalypso! was ist vor-
gegangen?

Das

Kalypso Nehmt diesen Frevler hier ge-
fangen.
Er soll der Tiger Speise seyn.
Er drang ins Zimmer hier herein.

Kolofonio. Geduld! ich habe zu entdecken,
was Mentor jetzt im Sinne hat.
Ich mußte Euch vom Schlafe wecken.
Jetzt hört mich an, und haltet Rath.
Die Schiffe stehen nun in Brand,
Der Prinz schwimmt fort, an Mentors Hand.

Kalypso. Eucharis. Auf hurtig! hier
gilt kein Verweilen.
Du aber gehst in Freiheit fort.
(beide ab. — Die Nimfen folgen.)

Acht und Dreißigster Auftritt.

Kolofonio.

Ach! meines Glückes goldner Traum,
War Wirbelwind, war Luft und Schaum!
(will fort.)

Neun

Neun und dreißigster Auftritt.

Kolofonio. Maia.

Maia. Darf ich mich Deiner Gunst empfehlen? - - -

Kolofonio. Ach liebes Kind! das ist Dein Spaß.

Maia. Du willst mich mit Verstellung quälen.

Kolofonio. Ach liebes Kind! was hilft mir das?

Maia. Es konnte Dir gewiß nicht fehlen! Du bist, ich weiß noch selbst nicht, was?

Kolofonio. Ach liebes Kind! die Hoffnung trog,
ich war es der sich selbst belog.

Maia (lachend.) O weh! das Diadem ist hin!

Kolofonio. Du nur, bist meine Königin.

Maia. Ach lieber Freund! in meinem Reich
ist die Empfindung sich nicht gleich.

Kolofonio. Mein Kind!

Maia. Ei nicht doch! Königin.

Kolofonio. Mein Herz!

Maia. Ei nicht doch! Königin.

Kolofonio. Ich erhäng' mich!

Maia. Immerhin!

Kolofonio. Ich ersäuf' mich!

Maia. Immerhin!

Kolofonio. Ich verbrenn' mich.

Maia. Immerhin!

Beide. So etwas noch zu erfahren, hätt' ich mir nicht vorgestellt.

Kolofonio. Ach! man lebt wohl täglich mit Gefahren
rund umgeben, auf der Welt.

Maia. (ironisch.) Ei doch seht die schrecklichen Gefahren,
die uns drohen auf der Welt!

Kolofonio. O schönstes, allerliebstes Kind!

Beide. Welche Freude! sich zu finden,
wo sich treue Liebe fand,

sich

sich auf ewig zu verbinden
durch der Freude schönes Band!
(ab.)

Vierzigster Auftritt.

Freie Gegend. Meer. An der Seite
ein Felsen.

Mentor. Telemach.

Mentor. Sey standhaft! Muthig, folge
mir.
Die Ehre ruft uns fort von hier.

Telemach. Laß mich sie nur noch sehen!
Nur einen Abschiedskuß. —

Mentor. Es ist um Dich geschehen.
Fort! ohne Abschiedskuß.

Telemach. Ach Mentor! Kein Erbarmen?

Mentor. Das fühlt mein Herz für Dich.

Telemach. Ach! in der Liebe Armen
schlägt dort ein Herz für mich.

Mentor. Hier in der Freundschaft Armen, schlägt auch ein Herz für Dich.

(Indessen hat er ihn auf den Felsen gezogen)

Ein und vierzigster Auftritt.

Vorige. Kalypso. Eucharis. Maia. Nimfen.

Eucharis. Ach Trauter! bleib zurücke!

Telemach (zu Mentor.) Ach! laß mich zu ihr hin.

Mentor. Umsonst!

Telemach.
Eucharis. } Nur einen { ihrer / seiner } Blicke!

Mentor. Umsonst!

Telemach. Eucharis. Weh diesem Mißgeschicke!

Mentor. Dieß ist der Götter-Rath.

Kalypso. Geliebter! bleib zurücke!

Telemach. Ach! laß mich zu ihr hin.

Mentor. Umsonst!

Ka

Kalypso. Eucharis. Ich eile zu
Dir hin!

Kalypso. Eucharis. Telemach.
Mich rufen Deine Blicke,
Mentor. Ach meide ihre Blicke!
(Eucharis ersteigt den Felsen.)

Mentor. Ich stürze in die Wellen
des Meeres Dich hinab.

Kalypso. Eucharis. Telemach.
Zusammen in den Wellen
erwartet uns Ein Grab.

Telemach. Ich muß zu ihr! —

Mentor. Umsonst!

Kalypso. Eucharis. Ach bleib bei
uns!

Telemach und Mentor. Umsonst!

Mentor. Ich stürze Dich hinab.

Eucharis. Kalypso. O scheue nicht
die Wellen;
Wir folgen Dir in's Grab.

Telemach. Ich scheue nicht die Wellen,
Ich fürchte nicht dies Grab.

Mentor. Hinunter in die Wellen!
Ich stürze Dich hinab.
So finde hier Dein Grab!
(stürzt ihn hinab und springt ihm nach.)

Telemach. (im Stürzen.) Auf ewig! auf ewig, lebet wohl!

Eucharis. (springt ihm nach.)
Ich folge! Kalypso, lebe wohl!

Kalypso. Weh mir! Telemach!
Ihr Götter! Wehe mir!

Maia. Nimfen. (herbeieilend.)
Weh uns! was ist geschehen?

(Donnerschlag. Die Felsen stürzen zusammen.)

(Minerva erscheint gerüstet in ihrem Götterglanze auf einer Wolke. — Die Gegend wird transparent. — Neptun erscheint (mit Tritonen umgeben, in seinem Muschelwagen, auf dem Meere. Neben ihm sitzen Eucharis und Telemach. — Kalypso sieht die Gruppe, blickt auf Minerva, will entfliehen, wagt es nicht, und wankt zurück.)

Chor.

Chor.

Der Held hat muthig überwunden!
Die Liebe reicht ihm froh die Hand.
Er hat ein treues Herz gefunden,
und eilt nun in sein Vaterland.
Die Götter steh'n euch mächtig bei,
sie krönen edle Lieb' und Treu.

Kalypso. (sinkt in die Arme ihrer Nimfen.)
Ihr Götter! — Ach! wer steht mir bei?

(Der Vorhang fällt.)